Les Homologues

Philippe Manach

Les Homologues

Il y a tellement à dire sur la nature humaine,
d'autres le feront sûrement mieux que moi…
ou pas !

PREFACE

Définition du mot « HOMOLOGUE » d'après le dictionnaire Larousse :

- *Qui correspond à quelque chose d'autre, qui en a le même rôle, le même caractère dans un système différent : Amiral est le grade homologue de général.*

- *Se dit d'organes qui ont même structure fondamentale, même origine embryonnaire et mêmes connexions, mais dont la fonction peut être différente. (S'oppose à analogue.)*

- *Se dit, en mathématiques, du transformé d'un élément ou d'un ensemble, par une application donnée ; se dit d'éléments ou d'ensembles associés dans une transformation involutive.*

Philippe Manach

Prologue

Cinq milliards d'années nous séparent de cette boule de feu sans vie qui commença le façonnage de ce que nous sommes aujourd'hui.

Cinq milliards d'années, c'est le cinquantenaire de notre terre, notre habitat, notre maison.

Plus de huit milliards d'humains grouillent aujourd'hui sur cette planète, jadis regorgeante de vie, de vert et de lumière.

Combien d'humains ont eu leur vie chamboulée à cinquante ans ?

Cette crise de la cinquantaine impitoyable ou salutaire peut-elle s'appliquer à un univers infini ?

Pourtant, quelque part se joue bien plus que ce que notre esprit peut voir, croire ou imaginer, une crise, un salut ou un simple jeu de dupe.

A l'image de l'univers, les réflexions humaines peuvent-elles avoir de l'importance ? De simples vers de terre peuvent-ils influencer l'avenir de plusieurs milliards de vies ?

Pourtant ! Nos vies et notre avenir sont bel et bien entre leurs mains...

Suzanne

Le réveil sonne encore et encore... Mais pourquoi donc se lever si tôt alors qu'à la retraite on fait ce que l'on veut ?...

A soixante-quinze ans, elle est alerte comme une jeune fille, son corps mince, légèrement courbe est en pleine forme, à part, évidemment, un peu d'arthrose qui la « taquine » régulièrement.

Le petit déjeuner composé de thé vert et de pain complet est vite englouti.

Un jean et une chemise large, un coup de brosse dans ses cheveux poivre et sel et c'est parti pour une nouvelle journée. En passant devant la photo de Bernard, comme chaque jour, elle lui sourit et lui demande si ça va aujourd'hui, elle passera bientôt pour lui dire bonjour et lui raconter ses aventures mais, sans voiture, aller au cimetière de Saint-Partomé est très compliqué. Elle a le permis, mais refuse d'avoir une voiture, polluer pour se déplacer, ce n'est pas pour elle.

Bernard est mort il y a douze ans, « saloperie de cancer ! » fulmine-t-elle ! Ils s'étaient connus il y a cinquante-six ans, elle avait dix-neuf ans et lui vingt-deux.

Leur idylle avait très mal commencé : ils ne se supportaient pas, elle, la végétarienne rebelle, militante et lui le macho moqueur insupportable. Il faisait tout pour la mettre hors d'elle et il y arrivait. Déjà au lycée il la surnommait « Lapin » car elle ne mangeait que des légumes.

Lui gros mangeur de viande et adepte de fêtes débiles, dévergondées et alcoolisées.

Elle militait souvent pour la cause des animaux près du laboratoire Miranaux, leurs expériences étaient horribles.

Suzanne les affrontait régulièrement, armée de ses pancartes ; avec ses amis, elle scandait des slogans en faisant du bruit avec des tambours de fortune fabriqués dans des bidons ou autres casseroles.

- Miranaux Bourreaux ! Miranaux Salauds ! Un jour on vous f'ra la peau !

Ce jour-là, lorsque le gardien l'a bousculée en lui demandant de partir, elle a décidé de rester en le regardant droit dans les yeux. Celui-ci réitère en la poussant plus fort.

- Partez, je vous dis ou ça va mal finir !
- Vous ne me faîtes pas peur ignoble assassin, bourreau !

Là, il s'approche et la rudoie violemment à nouveau ; elle lui décoche un coup de pancarte sur le haut de la tête, c'est à ce moment-là qu'il la saisit fermement par le col.

Elle ne peut plus respirer, elle se débat mais rien n'y fait, il est beaucoup trop fort, sa tête tourne, elle a peur et sent qu'elle va perdre connaissance… Puis, elle se retrouve les fesses sur le sol et reprend ses esprits.

En levant les yeux elle aperçoit Bernard en train de se battre avec le gardien.

La police mit fin au conflit et les emmena au poste tous les deux.

En cellule, il lui demanda « ça va lapin ?»

A ce moment en le regardant, elle vit que son visage était légèrement abimé par la bagarre et le trouva différent voire même, très séduisant.

Elle ne répondit que par un énorme éclat de rire, ils rirent longtemps ensemble sans dire un mot.

Puis le mariage, les quatre enfants Anne, Louisa, Mona et Marc, quarante-quatre ans de bonheur partis, dans la fumée des cigarettes.

Un sentiment étrange ne la quittait pas, depuis plusieurs semaines, elle ressentait comme une oppression.

Elle était bien physiquement, elle mangeait convenablement et dormait ses huit heures par nuit. Mais des rêves bizarres et une sensation d'être observée en permanence la dérangeait.

Comment diable serait-ce possible, il n'y a personne autour de sa maison perdue au milieu d'hectares de champs et de forêt. Dans ses pensées, elle ne parvenait pas à trouver pourquoi elle était aussi déstabilisée. Soudainement un bruit la fit sursauter

- MAMAN… MAMAN !

C'était Mona, la dernière des filles qui avait sonné avant d'entrer, elle avait les clés.

- Ah ! tu es là, Ça va maman tu as l'air étrange ?
- Oui ça va, je suis juste un peu fatiguée
- Tu as mal dormi ?
- Non ! ce n'est pas ça, les enfants vont bien ?
- Oui : ils sont à l'école, Hier, Julien a commencé la guitare, et Paul nous a dit qu'il voulait faire du judo, tu te rends compte : du judo, lui qui est si petit !

- Ça ne m'étonne pas, il est un peu casse-cou.
- Il tient ça de sa grand-mère !
- Mais non ! que dis-tu là...

Avec un grand sourire, elle regarde sa fille, comme elle a changé, petite elle était très capricieuse et faisait souvent la moue.

A l'adolescence, elle était très réservée et ne sortait presque jamais.

Pourtant aujourd'hui c'est une belle femme, à quarante et un ans, elle travaille dans une société pour la préservation de l'eau et dirige une équipe de six personnes.

Ses deux enfants, Julien et Paul ont neuf et treize ans. Leur père, Éric quarante ans, est programmeur et passe son temps le nez collé devant un écran d'ordinateur.

Un vendredi sur quatre, Mona ne travaille pas, une histoire d'heures de récupération que Suzanne ne comprend toujours pas. Elle en profite généralement pour venir voir sa mère. Elles ont un lien particulier mais c'est aussi parce que les deux autres sœurs sont bien plus loin, parties faire leur vie dans des grandes villes.

- Tu as des nouvelles de Marc, Maman ?

- Non rien depuis deux mois, tu sais comment il est, un jour il est au Laos, un autre à Tombouctou.

- Il a dû rencontrer une femme, tomber amoureux, encore, trouver un petit boulot et quand le feu de paille se sera consumé, il essayera de rentrer au plus vite, se ressourcera chez Maman avant de disparaître à nouveau !

Marc, le petit dernier trente-quatre ans, venu au monde alors qu'on ne s'y attendait pas... Sa mère ne pouvait plus avoir d'enfant, elle avait dépassé la quarantaine.

Il les a fait courir ses parents et ses sœurs, hyperactif, ne tenant pas en place. Aujourd'hui, il passe son temps entre deux aéroports, deux pays mais il finit toujours par rentrer à la maison.

Au bout de quelque temps, il ne tient plus en place, s'agite et veut repartir à nouveau.

Suzanne et Mona terminent leur thé avant de se rendre au jardin. Elles s'allongent sur un transat et continuent leur discussion.

- Maman, tu auras encore des bonnes tomates comme l'année dernière ?

- OUI, peut-être même plus encore.
- Génial ! Éric les avait adorées, il ne mange jamais de légumes il me désespère. Il devrait sortir de la maison plus souvent et manger plus sainement, on dirait Papa...

Je me rappelle à l'époque tu lui faisais la morale et il s'en moquait royalement. Vous étiez une véritable pièce de théâtre tous les deux, nous quatre on vous regardait et on riait entre nous.

Vous ne vous fâchiez jamais, mais vos dialogues qui étaient dignes d'un bon scénario auraient rendu jaloux Michel Audiard, on adorait ça.

Papa me manque tu sais Maman...

- Maman ? Maman ?

Mona se tourne vers sa mère, Suzanne dort paisiblement, sa respiration est souple et son visage radieux. Mona la regarde en souriant, puis la secoue légèrement.

- Maman, réveille-toi je vais bientôt partir...
- Maman, Maman, réveille-toi !

Mona la secoue un peu plus fort

- MAMAN !! MAMAN !! SUZANNE !!

Ne voyant pas sa mère réagir, ses yeux se remplissent de larmes ; elle se lève et court à travers le jardin pour appeler les secours puis retourne près de sa mère. Elle ne comprend pas…

Suzanne est paisiblement allongée et semble dormir, elle respire, n'a pas l'air de souffrir. Mona lui parle mais n'obtient aucune réponse.

A l'hôpital, les médecins restent médusés, il n'y a rien qui puisse expliquer son état. Ils ont beau regarder, chercher, analyser, ils ne trouvent pas, elle est en parfaite santé. Pourtant Suzanne dort encore.

Mona se sent seule, le visage gonflé par les larmes, elle attend. Lorsque le médecin arrive, elle sent son cœur accélérer.

Elle se rappelle la fois où le docteur avait annoncé le cancer de son père et le peu de temps qu'il lui restait à vivre...

Suzanne s'était effondrée et Bernard n'avait rien dit, pas un mot. Dans le bruit des larmes, il était resté digne, digne pendant les traitements, digne pendant les effets secondaires et digne le jour où ses yeux se sont fermés pour toujours. Elle ne voulait pas revivre ça, pas maintenant.

Le médecin s'approche et maintenant, son cœur bat la chamade.

- Nous n'avons rien trouvé, d'après les analyses votre mère est en pleine forme...
- Mais je ne comprends pas ! Que se passe-t-il ?
- Toutes les tentatives pour la réveiller ont échouées.

- Nous la surveillons et attendons la suite des évènements, pour voir comment cela évoluera, malheureusement on ne peut rien vous dire de plus, je suis désolé.

- Je peux aller la voir ?
- Evidemment, parlez-lui et prenez soin d'elle

Comme un boxeur après un KO, Mona se dirige vers la chambre. Ses jambes ont du mal à la porter. Elle se sent comme ivre, ses repères tournent et lui font défaut.

En poussant la porte, elle regarde sa mère, si belle, radieuse et tellement sereine… En s'asseyant auprès d'elle, elle lui prend la main sans bruit.

Elle lui sourit, la regarde, lui passe l'autre main dans les cheveux et en même temps, ses lèvres esquissent doucement « je t'aime maman »

En ouvrant les yeux, Suzanne se demande bien où elle se trouve. Tout est blanc, il ne fait ni chaud, ni froid, il n'y a aucune odeur, aucune sensation.

Elle essaye de marcher mais il n'y a rien, en haut, en bas, sur les côtés... Tout est désespérément blanc. Elle se baisse pour toucher le sol et n'y parvient pas. Elle tape du pied, il n'y a aucun son.

Prise de panique, elle crie, crie à s'en déchirer les poumons et c'est à ce moment qu'elle réalise qu'elle ne respire même pas.

Elle essaye d'inspirer, de souffler, c'est impossible !

Je suis morte, comment, pourquoi, je ne me rappelle de rien, Mona, le thé, le jardin et le vide...

- **Il y a quelqu'un ?**

Aucune réponse, pas un seul bruit.

Elle se frappe alors le visage de toutes ses forces ; après tout, elle doit rêver, ces rêves étranges qu'elle fait, où elle est seule et désorientée, c'en est un autre, à coup sûr !

Malheureusement, rien ne se passe, elle se jette au sol, s'y roule, essaye de se frapper, de se mordre, elle ne ressent rien, pas de douleur, de marques sur son corps, aucun résultat.

Une fois calmée, elle n'arrive même pas à pleurer.

Elle peut néanmoins toujours penser, penser à ses enfants, sa vie, à tous ceux qu'elle aime.

Elle voudrait à nouveau ressentir le vent, le soleil, l'odeur de ses tomates lorsqu'elle les arrose, même les piqûres de ces pourritures de moustiques.

Entendre les rires de ses petits-enfants, les disputes entre les trois sœurs pour savoir qui a raison tandis que leurs conjoints boivent bien trop de bière et rient à gorge déployée.

Soudain, elle se sent à nouveau observée, par qui, comment et surtout pourquoi ?

- OU SUIS-JE ! MONTREZ VOUS ! QUI ETES VOUS ! QUE VOULEZ VOUS ?

Les paroles se perdent encore dans le néant.

Combien de temps, une heure, un an, un siècle ?... La notion du temps si importante aux yeux des humains s'est aussi effacée. Le lieu est calme forcement et il en ressort malgré tout beaucoup de sérénité et de bienveillance.

Est-elle punie ? De quoi, qu'a-t-elle bien pu faire de son vivant ?

Ou alors c'est l'enfer, voire le purgatoire mais sûrement pas le paradis. En même temps, elle n'est pas croyante, son seul maitre était la nature, c'était ça son combat, sa force, sa religion.

Suzanne sursaute lorsqu'elle entend cette énorme voix grave venue de nulle part. Cette voix la pénètre entièrement, recouvrant la moindre parcelle de sa personne, de son être. C'est puissant, effrayant et rassurant à la fois.

- Bonjour Suzanne, ta période d'adaptation est finie !
- QUI ETES VOUS ! Qu'est-ce que je fais ici, où suis-je ? Expliquez-moi !

Elle tourne sur elle-même, regarde partout, tout est vide, il n'y a personne. Impossible de repérer d'où vient cette voix.

- Ne t'inquiète pas, tu auras toutes les explications voulues le moment venu, sois patiente !

- JE SUIS MORTE C'EST CA ?

- Les humains ! votre précieuse petite vie vous importe tant, c'est PATHETIQUE ! NON ? Rassure-toi, ton frêle petit corps est en pleine forme et il sera protégé jusqu'à la décision finale.

Mais il est désormais vide de son essence, ce que vous nommez « âme » a été envoyé ici, il est devenu comme vous le dites parfois, « une coquille vide ».

- Quelle décision ? de quoi parlez-vous ? Je ne comprends pas, je ne comprends rien ? QUE SE PASSE-T-IL BON SANG ?

- REPONDEZ MOI ! REPONDEZ MOI ! Ne partez pas, s'il vous plait, revenez…

Le vide et le silence remplissent à nouveau tout l'espace.

Suzanne hébétée, se résigne et attend.

Aalynaya

La vie est difficile lorsqu'on est clouée dans une pièce toute la journée. A vingt-cinq ans, ne pas pouvoir courir ni même regarder par une fenêtre est difficile, le pire étant de ne parler à personne.

Elle vit seule avec son animal de compagnie mais une aide vient parfois faire le ménage, lui apporter des victuailles et lui tenir compagnie.

Elle n'a pas envie d'avoir un chien d'aveugle, ses parents sont aisés, et vivent confortablement mais Altou est très gentil et serviable, enfin, bien plus bête qu'utile mais tellement affectueux.

Elle l'aime bien son roquet, il lui tient compagnie quand personne ne vient la voir durant plusieurs jours.

Heureusement pour elle, ses parents lui prêtent cette partie de la maison. Cela lui permet d'être à l'écart des curieux, de ne pas avoir honte. Déjà que dans ce pays être une femme est un fardeau, alors imaginez une femme aveugle et paralysée à quatre-vingt pour cent du côté gauche. Si elle sortait, on lui jetterait des pierres, la traiterait de monstre ou pire encore, finalement un chien d'aveugle ne servirait à rien.

Ses parents sont partis aujourd'hui pour une semaine, elle est autonome mais quand même, ce sera difficile, être seule dans son état est tellement effrayant.

Le frigo est plein, ça ira, de toute façon elle n'a pas le choix. L'instinct de survie nous rend bien plus fort. Elle vérifie que tout est bien fermé à clef, une semaine, une semaine cloîtrée comme un détenu dans sa cellule.

Quelqu'un frappe à la porte, Altou n'aboie pas, c'est donc une personne qu'il connait bien.

- Naya, Naya ! c'est moi Namilia. Tu dors, il n'est pas tard pourtant ?

- Attends je t'ouvre, laisse-moi le temps d'arriver, chuchote-t-elle.

La porte grince et les deux filles s'enlacent amicalement.

- Comment vas-tu aujourd'hui, tu n'as pas trop peur ?
- Ne t'inquiète pas, j'ai l'habitude, c'est juste toujours un peu plus long à chaque fois…
- Tu as l'air fatigué, raconte-moi, c'est encore ton père qui t'a hurlé dessus, il ne t'a pas frappé au moins ?
- Non, ce n'est pas ça, je dors mal, je fais des rêves étranges et je me sens observée en permanence.

- Mais qui pourrais te surveiller ? Tu es en hauteur et il n'y a personne aux alentours. Raconte-moi tes rêves ? Tu rêves d'hommes, c'est ça ? Avoue-le, ça te trouble !
- NAMILIA ! Mais NON ! Et puis je ne sais pas vraiment à quoi ressemble un homme, enfin, si j'en ai une idée. Arrête un peu, dévergondée ! Il est temps que tu te maries !

On m'avait affirmé que les aveugles de naissance ne pouvaient pas rêver, je pense pourtant avoir « vu » quelque chose, je marchais sans peine et sans aucune douleur. Je voyais une femme, une femme âgée qui me parlait mais cela me faisait peur.

J'essayais de courir, je pouvais courir, mais je n'avançais pas.

- Une femme ?
- Oui, assez âgée car sa peau était ridée, d'après ce que je sais, elle n'était pas de notre pays mais je la comprenais.
- Que disait-elle ?
- Elle répétait : Je t'attends, viens m'aider et elle me tendait la main. Je m'approche d'elle, puis elle me demande mon nom Je lui réponds « je m'appelle Aalynaya mais tout le monde dit Naya ».
- Donc elle n'est pas agressive, ce n'est pas un cauchemar

- Non, elle a même l'air plutôt sympathique, puis une voix énorme me fait sursauter et me réveille.

- C'est étrange, que dit cette voix ?

- Elle dit « Suzanne, tu ne seras pas seule »

Tu es sûre que tu n'as pas mangé un truc périmé qui t'a rendu délirante, ou alors tu as bu, comme l'autre fois : tu avais été tellement malade que j'ai mis des heures à tout effacer avant le retour de ton père.

- Mais non ! Mon odorat est très développé, je ne pense pas passer à côté de nourriture pourrie et je ne bois pas, sauf quand tu m'entraînes dans tes bêtises de gamine immature, franchement tu as vingt-sept ans, conduis-toi en femme pas en gamine de seize ans !

Namilia se lève en gloussant :

- Allez ! je vais te préparer un truc à manger, tu préfères du riz ou du riz ? Au moins ça ne risque pas de pourrir, pourquoi mange-t-on autant de riz en Inde, ce n'est pas en Chine qu'ils en mangent le plus ?

T'en as pas marre de rester enfermée ? Quand Altou va faire ses besoins, va avec lui, en plus tu connais tout par cœur ! Je peux t'accompagner prendre l'air, ça te fera du bien.

Après avoir mangé ensemble, Namilia se lève, fait la vaisselle et se tourne vers sa confidente.

-Je reviens dans deux jours, ça ira ? Mon père veut absolument me présenter à un fils d'amis d'amis d'amis... Je pense plutôt qu'il veut se débarrasser de moi.

- ne t'inquiète pas, va et amuse-toi je vais me reposer.

Les deux camarades se prennent dans les bras et se disent au revoir. En fermant la porte Namilia a une étrange sensation, elle déteste l'abandonner comme ça, encore une fois.

Son amie est comme en prison. Pourquoi les gens sont aussi mauvais avec ceux qui sont différents. L'image importe donc autant que ça, c'est ridicule. Une image n'est qu'un mirage, un « attrape nigaud », le fond de l'âme est bien plus important mais tant que l'on ne connait pas bien la personne, on ne peut pas le voir. On est finalement aussi aveugle qu'elle.

Mais être aveugle permet de ne pas se laisser avoir par l'apparence et là, on peut ressentir ce que les personnes ont dans leur cœur. Un aveugle « verrait » mieux que nous finalement.

Il faudrait pour cela se laisser approcher par une personne ayant des handicaps, faire fi de ce qui nous repousse, cela pourrait nous permettre de mieux les connaître.

En occident, cela serait plus simple, pas de honte, de préjugés et surtout pas de castes. Sûrement moins de bêtise, quoi que...

Naya se retrouve seule, à nouveau. Elle se prépare et va se coucher.

Elle espère dormir un peu ; en ce moment, elle n'est vraiment pas en forme et est très fatiguée. Son état n'est pas enviable, parfois les douleurs l'empêchent de se reposer.

Ce soir pourtant, c'est une accalmie, elle en profite et ses paupières se ferment doucement. Quelle agréable sensation de se sentir glisser dans le sommeil lorsqu'on est vraiment épuisé…

En ouvrant les yeux, Naya est frappée par un éclair éblouissant, elle pousse un cri en mettant ses mains devant son visage pour se cacher de cette lumière. Elle ressent qu'elle est debout, mais que se passe-t-il donc ? Une explosion peut être ? Non ! pas de chaleur ni de bruit.

Elle n'ose pas bouger, n'arrive même pas à sangloter. Elle a vraiment peur.

Doucement elle ôte ses doigts, regarde autour d'elle : elle voit ! Tout est blanc mais elle voit !

Déboussolée, elle regarde aussi ses membres, ses mains. Comment son bras gauche a-t-il pu se lever aussi vite et aller aussi haut ?

Elle n'a plus mal, même pas à la jambe ni à la hanche et son corps n'est plus courbé comme un roseau en pleine tempête.

Elle regarde, elle écoute, aucun son n'est audible. Elle essaye de sentir une odeur, quelque chose de familier, mais l'air ne passe pas...

Elle ne peut pas inspirer ni expirer mais à sa grande surprise, elle n'étouffe pas, elle se sent même parfaitement bien.

Désorientée, elle essaye de marcher. Tout fonctionne à la perfection, elle se sent légère et a envie de courir, de danser, de sauter ! Elle se croit encore dans son rêve et veut en profiter.

Elle aimerait tellement voir son visage, ses cheveux mais rien ne le permet. Elle touche et admire ses belle pointes très noires et lisses.

Elle décide de marcher, après tout autant aller jusqu'au bout, profiter de cet étrange songe.

Aucun repère ne montre qu'elle avance. Autant fermer les yeux. Une fois l'obscurité revenue, elle tente de s'orienter comme d'habitude mais dans cet environnement sans bruit et privée de son odorat, elle échoue.

On dirait qu'elle fait du sur place. Elle s'arrête pour réfléchir, s'assied en tailleurs et essaye de réfléchir.

Perdue dans ses réflexions, elle sursaute légèrement quand elle entend la voix d'une femme lui dire :

- Bonjour ! Je m'appelle Suzanne, qui êtes-vous ?

o **Wamai**

C'est la fête au village ! Tout le monde danse, crie et chante.

Dans ce petit coin d'Afrique, c'est la coutume de passer une soirée de liesse, de joie et de bonheur pour un anniversaire particulier.

Wamai a cinquante ans, un âge où l'on est sensé entrer dans la sagesse. La cinquantaine n'est pas commune pour les hommes dans cette partie du monde, pour les femmes non plus d'ailleurs. Ce petit village perdu au milieu de nulle part est soit brûlé par le soleil, soit inondé par la mousson, il n'est pas vraiment accueillant. De plus, les moindres maladies ou incendies se propagent à la vitesse de l'éclair.

La vie est rude pour ces habitants et pourtant ils sont heureux ! Loin du tumulte des grandes villes, ils sont encore préservés de l'urbanisme mais cela a un prix : pas d'eau courante, pas de médecin ni d'école et encore moins de magasin. Tout doit être arraché de force à la terre.

Mais ce soir ils dansent.

Wamai prend une de ses femmes par la taille et les deux autres dansent autour d'eux. Leurs onze enfants tapent dans leurs mains en entonnant des chants spirituels.

Puis, il se sent fatigué, il a trop abusé de la boisson locale, à base de racines, de feuilles et de quelques baies rouges. Cette boisson a tendance à fermenter, la teneur en alcool varie mais quoi qu'il arrive, elle est très forte ; sans un estomac solide c'est l'ulcère assuré.

Assis sur une pierre à l'écart du bruit, il regarde cette scène de joie. Il sait que sa vie sera courte et se considère comme chanceux et heureux. Il a de très beaux enfants et ils prendront la relève.

Les plus grands ont bientôt vingt et un et dix-neuf ans, ils sont vaillants et en bonne santé, de beaux garçons, il en est fier. D'ailleurs, sa plus jeune femme est sûrement enceinte, un beau cadeau pour son demi-siècle.

Bramwa le « guérisseur » vient vers lui. Que va-t-il encore inventer comme histoire ?

- Wamai !
- Oui Bramwa... soupire-t-il.

- Te rends-tu comptes de tes responsabilités maintenant ?

- Je n'ai pas de responsabilité, je te l'ai déjà dit, je n'en veux pas

- Tu n'as pas le choix, tu es le doyen du village maintenant !

- Non ! Mwota est le vrai doyen

- Mwota, n'est plus qu'un légume ! Ses femmes lui broient sa nourriture et le torchent comme un gosse, il ne peut pas prendre de décision importante pour le village !

- Je ne veux pas de cette responsabilité !

- On ne te demande pas ton avis, tout le village t'attend ! Tu n'as pas le choix, c'est ton devoir !

- Et si je refuse, on ne peut pas m'y obliger !

- Sans chef, sans personne de responsable, le village va disparaître, c'est cela que tu veux ?

Ce serait la fin de notre grande famille.

Tu nous as sauvé à une époque. Ton savoir et ton intelligence sont une bénédiction. Aide-nous !

- Tu sais bien que rien n'est plus important à mes yeux que ma famille et le village ! Mais je refuse !

- En quelques mois, sans meneur, le chaos sera là, les ennuis arrivent et personne ne peut les arrêter, sauf toi !

- D'autres peuvent le faire à ma place, je la cède bien volontiers !
- Si on a un nouveau doyen, il fera régner à nouveau l'ordre. Personne ne peut endosser ce rôle, tu es le seul à pouvoir le faire, un autre n'aurait pas le respect que tu inspires. Le prochain à avoir ton âge n'arrivera que dans trois ans, s'il y arrive, d'ici là il sera trop tard ! Viens dans ma cabane tout à l'heure, tu feras une méditation pour t'éclaircir les idées.

Wamai soupire très fort.

- Ok ! Je viendrai d'ici deux heures environ. Mais épargne-moi tes colifichets et autres gri-gris. Tu sais que cela m'énerve. Pas de chant ni de prières aux esprits, OK ?

- Je suis d'accord du moment que tu acceptes de venir.

En rentrant chez lui, sa première femme l'accueille chaleureusement. Ce n'est pas réellement sa première femme, deux autres l'ont précédée. Une est décédée en donnant naissance à son premier enfant et l'autre est morte quatre ans plus tard lorsqu'une maladie virulente a frappé le village de plein fouet.

Lamnoa est très belle, à quarante et un ans elle en parait moins, pourtant elle n'a pas été épargnée par la rudesse de cette vie qui a marquée à jamais ses mains et ses pieds.

- Que voulait encore ce fou ? Je t'ai vu parler avec lui tout à l'heure !

- Comme toujours, c'est la même rengaine, il veut que je devienne le doyen du village.

- Pourquoi ne le serais-tu pas ? Tu es bon et intelligent, tu ferais un excellent doyen. Sûrement bien meilleur que tous les autres idiots qui l'ont été avant.

- Cela ne m'intéresse pas, c'est tout ! Je veux passer le reste de mes jours tranquille, avec ma famille.

Je vais aller méditer chez lui tout à l'heure et après il en sera fini de cette histoire.

S'il croit que ses herbes et ses Bla-Bla vont me faire changer d'avis, il se trompe !

- Tu es vraiment têtu, mais c'est une de tes forces. Lui parleras-tu de tes rêves et de tes étranges sensations ?

- NON ! Sûrement pas ! Il serait capable de partir encore plus loin dans ses délires.

Je vais fumer une racine et boire un peu d'eau croupie et après c'est terminé, ça suffit avec cette histoire !

La cabane du guérisseur est tout aussi étrange que lui. Recouverte de branches séchées et de boue, elle n'inspire pas confiance.

On sentirait presque une odeur d'herbe de Provence, ce qui dans cette région, est impossible. La porte est ornée d'un petit crâne d'animal, quel cliché de sorcier africain du passé...

En la poussant, Wamai se demande bien pourquoi il n'est pas en train de dormir au calme chez lui.

- Entre Wamai !
- Tu n'as pas besoin de prendre cette voix, on est au vingt et unième siècle et cela ne m'impressionne pas.
- Assieds-toi sur ce lit. Après avoir bu, tu pourras t'allonger et laisser ton esprit voguer ailleurs.
- Tu es sûr que cela n'est pas dangereux ?
- Tu ne risques rien, au pire, tu dormiras un ou deux jours et à ton réveil, tu auras le plus fort mal de crâne de ton existence. Mais tu trouveras peut-être des réponses qui ôteront les doutes de tes pensées.
- BOIS DONC ! Au lieu de discuter !!

Dans ce bol en terre cuite, une potion tiède et odorante stagne.

- Ça pue ton truc ! C'est une infection !
- Bois d'un coup sec et ça ira.

Wamai se retient de vomir, il a pourtant l'habitude de sentir ou goûter des choses peu ragoutantes mais là, cela dépasse tout ce qu'il a connu.

- Ça a un gout de pisse de lion malade, c'est horrible !
- Allonge-toi maintenant, je veillerai sur toi.
- Si tu veux, mais je n'ai pas vraiment sommeil, quelle perte de temps !

Au moment de prononcer cette phrase, son corps tombe brutalement et demeure complètement inerte.

Bramwa le positionne confortablement et retourne à ses occupations, malgré l'heure tardive.

Wamai attend, allongé, les yeux fermés et peste intérieurement. Quelle perte de temps !

- Tu le vois bien cela ne me fait rien ! Où es-tu ?

Il ouvre les yeux et se tait. Stupéfait, il marque un temps d'arrêt.

- Mais je ne vois rien, tout est blanc !

BRAMWA ! Tu es là ? Je ne vois plus rien ! Arrête maintenant, je ne dors pas !

Puis il regarde ses mains et les voit ; il se touche et ne ressent rien.

Aucune sensation, il n'a pas chaud, ni froid et comprend qu'il se passe quelque chose d'anormal.

Scrutant les alentours, à la recherche d'un point de repère, pour la première fois depuis sa rencontre avec un éléphant furieux, il commence à avoir peur, très peur.

Il se met à courir sans aller nulle part, cherche sans rien trouver et finit par s'asseoir.

La tête baissée, regardant le sol immaculé, Il essaye de réfléchir.

Finalement elle est très forte cette potion, au moins il n'est pas mort, pas encore, mais que doit-il faire ?

Il n'a pas de doute, il n'a pas de question, il veut simplement être tranquille et se reposer chez lui.

Lorsque quelque chose, une étrange sensation le sort de ses songes... Il lève doucement la tête.

Qui sont donc ces deux femmes qui le regardent fixement ?

M. Yama

La famille est réunie autour de lui, il a cent ans, au Japon il y a beaucoup de centenaires, ce n'est pas exceptionnel mais aujourd'hui, M. Yama va mourir.

A l'hôpital, il est dans le coma depuis deux ans, une banale chute mais à quatre-vingt-dix-huit ans toutes les chutes sont graves.

De plus, sa tête a heurté la table, son crâne, très fragilisé par l'ostéoporose n'y a pas résisté.

Les médecins ont prévu d'arrêter les traitements et toute sa famille est là. Son unique fils reste digne comme il se doit, ses filles sont en pleurs dans les bras l'une de l'autre.

Prendre une décision pareille est difficile pour tout le monde et personne ne devrait avoir à faire ce choix.

La famille se regarde, qui est responsable ?

Personne, il est tombé seul, mais ne mourra pas seul.

Ils auraient aimé le laisser vivre plus longtemps, mais à quoi bon !

Son cerveau est gravement endommagé, ses organes vitaux défaillent les uns après les autres, cet acharnement est inutile.

Les médecins entrent dans la chambre sans dire un mot, restent immobiles et se recueillent un instant avec la famille. Puis, sans un bruit, ils se dirigent vers la machine qui maintient le vieillard en vie depuis le début.

On entend le bip ! bip ! bip ! de l'électrocardiogramme et le souffle du piston qui force l'air à gonfler les poumons usés.

Un appui sur le bouton déclenche une alarme rapidement éteinte par le docteur. Le souffle s'arrête, les Bip ! Bip ! Bip ! deviennent très fort dans ce silence pesant....

Bip ! Bip ! Bip !

Trois lettres, trois mots qui le retiennent à la vie, une note musicale, un bruit intermittent très régulier qui nous relie au cœur de l'être tant aimé et nous rassure. Puis le son devient moins régulier, le tempo se dérègle, le musicien perd le fil de sa partition.

L'être humain adore la régularité, cela l'apaise, alors que le désordre et le chao l'effraient, le paniquent, et le rendent hystérique.

Lorsque la note devient ininterrompue c'est la fin de la musique !

BIIIIIIIIIIIIIPPPPP !

Le médecin arrête le contrôleur, Le silence est total, M. Yama est mort.

Quand il reprend conscience, M. Yama est allongé ; désorienté, il rigole et se parle à lui-même.

- Je ne l'ai pas volée celle-là, ce sol est vraiment glissant.
- OK, a priori rien de cassé, mais je vais avoir du mal à me relever. Où est ce foutu déambulateur, et pourquoi tout est blanc ?

J'ai dû me cogner en tombant et j'ai perdu mes lunettes, quelle merde cette cataracte !

BORDEL ! En plus ils sont tous partis au marché ! Je n'ai pas envie de rester allongé par terre et me pisser dessus !

HE !! HO ! Il y a quelqu'un ? Quelle bande d'abrutis !

A priori, j'ai le temps, je n'ai pas envie d'uriner. En plus, je n'ai pas mal, et le sol n'est pas froid, une petite sieste et ça ira.

J'ai quand même eu de la chance de n'avoir rien de cassé.

M. Yama, n'arrive pas à dormir, il rumine et culpabilise, il aurait mieux fait d'attendre sagement sur son fauteuil plutôt que de vouloir à tout prix aller chercher à grignoter dans la cuisine.

Les Mochis était bien trop appétissants. Ce n'est pas un gamin, il est presque centenaire pourquoi le traite- t-on comme un gosse ? S'il veut manger, il mange, c'est tout.

Il ouvre les yeux et entrevoit trois personnes au-dessus de lui qui le regardent fixement.

- QUI ETES VOUS ? Je ne vous connais pas, partez de chez moi, ma famille va rentrer !

- Bonjour, je m'appelle Suzanne, voici Naya et Wamai, pourquoi restez-vous dans cette position ? levez-vous donc.

- Vous êtes idiote ou quoi, vous voyez bien que je suis très vieux et que je viens de tomber !

J'ai peut-être quelque chose de cassé, bougez-vous le cul ! Appelez donc du secours ! Allez ! Allez !

Il allie le geste à la parole, levant le bras et agitant sa main d'avant en arrière comme pour dire « DEGAGEZ ! »

- Je crois qu'il va falloir vous expliquer certaines choses, peut-être quand vous serez plus aimable, vieux grognon !

En attendant mettez-vous donc debout que l'on se présente, vous allez voir c'est très facile ici.

Levez-vous, courez, sautez et même dansez si vous le voulez.

- Vous êtes CONNE ou quoi ? J'ai quatre-vingt-dix-huit ans ! Merde ! Je sais ! J'ai compris.

Vous êtes des drogués ou alors des ivrognes !

A ce moment-là, Suzanne lui flanque un gros coup de pied dans la tête de toute ses forces.

- VOUS ETES MALADE ! hurle-t-il

En se penchant vers lui, les mains sur les hanches comme on gronderait un enfant, elle lui répond :

- Avez-vous senti quelque chose « Mister » grognon ?

Soudainement, M. Yama s'arrêta de brailler et stupéfait, répondit doucement :

- Heu, NON ? Suzanne en profite pour lui flanquer une baffe !

- Ça c'est pour « la conne », dommage que vous ne sentiez rien !

M. Yama ne sait plus quoi dire et essaye de lever. Il se redresse rapidement sans aucun effort, même à vingt ans il ne ressentait pas ça.

Tous ses mouvements sont légers, faciles, aériens. Il saute sur place et fait même une pirouette.

En tournant en rond à toute vitesse, il remarque qu'il n'est pas du tout essoufflé.

Puis d'un coup, après plusieurs galipettes il se fige. Abasourdi, il regarde ses trois compères comme un gamin qui voudrait une glace.

Chuchotant quelque chose d'incompréhensible et tout en regardant Suzanne, il leva les mains et ne prononça, du bout des lèvres qu'un seul et unique mot :

- **MAIS ?**

L'endroit

Tout est blanc et paisible, le silence, la clarté et cette douce lumière enivrante ne parvient pas à attirer le regard de notre équipe nouvellement formée.

Ils pourraient profiter de ce moment de plénitude pour s'apaiser et se reposer. C'est vrai, ils ne sont pas fatigués, voire même un peu excités, ils se regardent tour à tour, s'observent, se scrutent et se demandent bien ce qu'ils font ici.

Oui ! ils sont ici ! Mais où ? Comment et surtout POURQUOI ? Ils ne savent rien, et rien ne les avaient préparés à ça.

M. Yama a du mal à rester en place, il tourne en rond et gigote tout en bougonnant dans sa petite moustache blanche.

- Mister Grognon, ça va ? questionne Suzanne
- Evidement que non, je ne comprends rien !
- Croyez-vous que nous en sachions plus que vous, la seule différence est qu'une voix puissance s'est adressée à moi, sûrement parce que j'étais la première arrivée ?
- Qu'a dit cette voix, qu'a-t-elle exprimé ?

A ce moment-là, Wamai intervient.

- C'est du délire, je suis en plein « bad trip » ! Cette potion est bien trop forte, quel salopard ce guérisseur de pacotille !

Dès mon réveil je vais lui flanquer mon poing en travers de son groin de porc !

- OUI ! dit Suzanne, attendez, commençons par nous raconter nos histoires.

Toi, tu as bu une potion, moi je me suis endormie en parlant avec ma fille. Naya que t'est-il arrivé ?

- Je suis simplement couchée dans mon lit, je suppose que je me suis endormie ?

- Et notre râleur national est tombé dans sa cuisine, car la gourmandise est un vilain défaut.

Le petit rire moqueur de Suzanne fait sourire le groupe.

- On peut rire, mais on ne peut pas pleurer ?

On peut bouger, toucher mais on ne ressent rien ?

On peut parler mais on ne respire pas, comment le son peut-il sortir de notre bouche ?

La voix m'a affirmée que je n'étais pas morte et que « mon corps » serait protégé. On est plus dans nos corps, c'est du délire !

Que sommes-nous ? Des âmes, des ectoplasmes, des fantômes ?

Wamai sort de son silence et demande au groupe :

- Comment faites-vous pour parler aussi bien un dialecte Africain si peu connu ?
- Je ne parle que Japonais, le *hyôjungo* exactement et évidemment, un peu d'anglais.
- Et moi le *Mayalam*, en Inde il y a beaucoup de dialectes aussi, c'est la langue de ma région.
- INCROYABLE ! répond Suzanne.

Je suis Française ! Nous nous comprenons tous dans notre propre langue, je vous entends parler un français parfait, sans aucun accent. Je suppose que c'est pareil pour vous.

Vous entendez dans votre langue.

La voix de Naya est féminine et vous autres, c'est bien un ton masculin et bizarrement, notre vieux grincheux n'a pas la voix d'un vieillard plutôt celle d'un cinquantenaire.

Tu devais être un sacré trouble-fête sur terre... dit-elle en le regardant, et elle rajoute

- Je n'y comprends rien ?
- Ce n'est pas de ma faute. Que racontez-vous ? Quand j'étais plus jeune je m'amusais, je chantais et dansais.

- On avait de super soirées avec mes amis, après j'ai eu une femme et des enfants, puis ma société a grandi, il fallait bien quelqu'un de responsable aux commandes ! J'ai quatre-vingt-dix-huit ans et j'ai travaillé jusqu'à quatre-vingt-deux ans. Sans cette foutue cataracte et cette pourriture d'arthrose, je travaillerais encore ! C'est un miracle que ma « boite » ne soit pas en faillite... Ces jeunes ! Ils ne respectent plus rien, ils n'ont aucun goût pour l'effort et...

- C'est bon, c'est bon, on a compris, papy n'est pas content, répond Suzanne en faisant mine de soupirer.

Lorsque Naya évoque sa cécité et ses infirmités disparues, le groupe comprend qu'ici aucune maladie ou blessure n'est présente. Cela renforce leur incompréhension de la situation.

Soudainement, ils ressentent quelque chose de très puissant qui les cloue sur place ! Au plus profond de leur être une force, quelque chose de palpable fait vibrer la moindre parcelle de leur conscience et les bloque tout en attirant leur attention, comme la lumière d'un feu happerait un papillon.

- Vous voici tous réunis ! Votre rôle sera capital pour l'avenir de votre monde, vous devrez choisir ! Vous devrez convaincre !

-
Le temps n'est plus à l'inaction et la décision finale ne vous appartiendra pas, à vous de nous persuader que votre monde en vaut encore la peine !

A vous de nous expliquer qu'il mérite soit de disparaitre, soit de rester comme il est.

Surtout choisissez bien vos mots, chacun d'eux sera entendu, chacun sera retenu. Vous pourrez questionner, argumenter et parler sans retenue ni crainte.

Chaque phrase sera gravée dans le livre et servira de pilier à la future réponse.

Yama ! Tu as cent ans pas quatre-vingt-dix-huit ! Vous avez tous un quart de vie humaine d'écart, chacun de vous a en lui la jeunesse présente ou passée.

Chacun de vous possède, a possédé ou possèdera l'âge de la raison et enfin, l'un de vous a en lui la mémoire d'une vie entière accomplie lorsque celle-ci se termine et que la mort arrive !

Vous avez été choisis parmi huit milliards de vie humaines, vous les représenterez et nous les sanctionnerons !

Réfléchissez ! Le temps est venu !

- ATTENDEZ ! EXPLIQUEZ-NOUS ! crie Suzanne

- Vous expliquez quoi ? Votre esprit limité ne comprendrait pas, ils ne comprennent rien d'ailleurs ! Être obligé de faire tout cela pour vous est déjà suffisant ! Nous nous sommes mis à votre niveau, nous parlons votre langue et pour ne pas vous effrayer, nous vous avons doté d'un semblant d'image familière, cela est bien suffisant !

- ON SE CALME ! Puisqu'on est si bête, prenez donc le temps de discuter, vous venez de dire que l'on pourra questionner ! DONC JE QUESTIONNE ! Mon esprit limité aimerait comprendre un peu ce qui se passe ici ! D'ailleurs c'est où ici ?

Suzanne n'obtient aucune réponse et attend. Elle regarde le groupe, s'adresse à eux tout en baissant les bras :

- A mon avis, ce n'est pas gagné !

Le groupe est interrogatif, que se trame-t-il ?

Les quatre ne comprennent rien ! Quelle réponse, quelle sanction et surtout, quel est leur rôle dans cette pièce de science-fiction ? Silencieusement, ils errent, sans but, dans ce manège sans fin comme un hamster qui tourne, indéfiniment, dans sa roue.

Soudainement, Suzanne s'arrête et se met à crier.

- CA SUFFIT ! ON NE MARCHERA PAS DANS VOTRE COMBINE SI VOUS NE NOUS DONNEZ PAS PLUS DE REPONSES ! ON A LE DROIT DE SAVOIR !

Le silence règne... Wamai s'approche d'elle et pose sa main sur son épaule.

- Nous sommes prisonniers ; comme un lion en cage, on tourne en rond.
- On ne doit pas se laisser aller, réfléchissons et restons soudés, l'union fait la force je ne le sais que trop bien !
- NON ! Je suis LIBRE de penser, s'il ne nous parle pas, je refuserais de répondre à ses questions, je veux savoir ! En s'adressant à la voix, Suzanne se lâche.

- VOUS n'êtes qu'un menteur ! Pour qui vous prenez vous ? Finalement vous ne valez rien, vous n'êtes rien et vous ne respectez même pas vos propres règles ! Nous sommes peut-être des êtres insignifiants à vos yeux mais vous avez besoin de nous ! Et on refusera de vous aider si vous ne changez pas d'attitude ! Revenez ! Maintenant ! REVENEZ ! et PARLEZ NOUS !

Le groupe ressentit à nouveau cette force presque surnaturelle.

- SUZANNE CA SUFFIT ! Tu as été choisie, tu dois faire ton devoir !
- STOP ! A vous de nous écouter ! Comment voulez-vous que l'on fasse quoi que soit ici, comme ça, sans rien, sans explications ni véritables règles !
- Nous choisirons, et vous jouerez votre rôle !

Suzanne ne sait plus quoi répondre... Comment une simple femme peut-elle argumenter face à ce genre d'entité aussi puissante !

- Etes-vous Dieu ? demande-t-elle naïvement.
- Les humains et leurs pitoyables croyances !

Dieu est un concept venu de votre esprit, de votre raisonnement, la solution est en vous.

Il existe si vous y croyez et n'existe pas dans le cas contraire.

C'est un concept si simple, aussi simpliste que cette vision de l'univers que vous pensez avoir percé à jour.

Vous voulez savoir si votre dieu existe vraiment ?

Cette question restera sans réponse car la vérité ne peut vous être dévoilée.

- On ne peut pas rester comme ça, dans cette zone blanche et fade, vous nous mettez en situation d'échec, VOUS TRICHEZ !
- C'EST FAUX ! Comment oses-tu nous dire cela !
- Exactement, nous ne sommes pas dans notre environnement. Vous parlez d'équité, FOUTAISE !

Soudainement une autre voix, avec un timbre différent se mêle à la discussion. Sa puissance est aussi forte que l'autre et fait trembler tout autant l'espace environnant.

- Elle a raison et tu le sais ! Nous avons été mandatés pour prendre une décision, nos règles sont strictes, les humains ont le droit d'être à l'aise pour leurs plaidoiries.
- PLAIDOIRIES ? s'exclame Suzanne, nous sommes à un procès ? Mais de qui ?
- Suzanne ! Tu es ici de mon fait, tu es mon choix, je savais que tu étais forte et tenir tête à mon homologue est déjà en soit un exploit. Tu ne me déçois pas.

Tu n'as jamais eu, comme vous le dites, « la langue dans ta poche » et cela m'a plu, ta franchise, ton abnégation font de toi un superbe représentant !

- Je ne comprends rien, rétorque Suzanne.

Les trois autres se joignent à elle, Wamai prend la parole

Elle a raison ça suffit ! Expliquez-nous et mettez-nous dans de bonnes conditions pour continuer. J'ai l'impression d'être un animal, pas un homme.

Les animaux ont-ils moins de droits qu'un homme, Wamai ? répond la seconde voix, la vie d'un moucheron a-t-elle moins importance que la vôtre ? Comme l'a dit Suzanne, « pour qui vous prenez vous ? » Mais nous en reparlerons !

Peu de temps après, la deuxième voix reprend :
- Que voulez-vous demander ?

M. Yama, lui répond

- A priori, nous avons tout notre temps donc, expliquez-nous tout, de façon à ce que nous comprenions les enjeux.

Que m'est-il arrivé durant les deux années que j'ai oubliées ?

- Tu ne les as pas oubliées, tu ne les as pas vécues, tu étais dans le coma jusqu'à ce que nous te fassions venir ici lui répondit ce second écho.

- Dans le coma durant deux ans ! Bordel ! La chute évidemment, je ne me suis pas loupé ! MERDE !

Naya lui emboite le pas

- Pourrait-on sortir de ce lieu vide, j'ai retrouvé la vue mais je suis presque autant aveugle ! Vous donnez, vous reprenez telle une torture, à quel jeu jouez-vous donc ?
- Nous ne jouons pas, petit être fragile. Vous voulez un environnement plus humain je suppose ? Cela vous aiderait-il enfin à accepter et à prendre votre rôle au sérieux ?

Le groupe répond en même temps :
- **OUI** !

Un moment de silence passe qui semble une éternité, et ils entendent enfin :

- Etes-vous d'accord les homologues ?

A qui donc s'adresse la voix se demande le groupe, combien sont-ils, qui sont-ils et surtout, que veulent-ils ?

Soudainement, un flash éblouissant les aveugle, les couleurs se mélangent, l'environnement tourne comme un kaléidoscope, s'ils le pouvaient, ils vomiraient tripes et boyaux, le pire des manèges d'une fête foraine ne serait qu'une simple balançoire comparée à ce qui arrive.

Heureusement, ils savent qu'ils ne peuvent pas être blessés et ne ressentent aucune douleur ni aucune gêne.

Ceci dit, dans ce monstrueux tourbillon, ils semblent être ballottés comme un fétu de paille au milieu du plus violent ouragan qui pourrait exister.

Quand ils ouvrent les yeux tout a changé ! Ils ont l'impression d'être dans un petit village.

Autour d'eux, ils peuvent apercevoir des petits chemins, de l'herbe, un soleil, des arbres et entendent même le léger bruit d'une cascade voire d'une rivière au loin.

Naya, émerveillée, ouvre grands ses yeux pour ne pas en perdre une miette.

Les autres regardent aussi partout

Au bout du petit chemin, se trouvent quatre petites maisons et de l'autre côté une autre, seule, plus grande et très différente. Ils se dirigent vers les quatre maisonnettes.

- Chacun la sienne ! dit Suzanne.

En poussant la porte de la première, ils remarquent qu'il n'y a pas de serrure, en même temps à quoi cela aurait-il bien pu servir ?

Pas d'eau, ni électricité, cela est tout aussi inutile, une table, quatre chaises et un lit…

Ils ne dorment plus mais au moins ils pourront s'isoler, penser et réfléchir s'ils le veulent.

- Pour le thé, c'est râpé ! plaisante Suzanne

Wamai propose,

- J'ai envie d'être seul un moment, on va chacun chez soi et on se retrouve plus tard.

On s'annonce avant de rentrer chez les autres. Dans mon village il n'y a pas de sonnette, parfois même pas de porte, mais on se respecte.

- Tu ne risques pas de nous voir nues, Naya ou moi, on ne peut pas se déshabiller et on ne va plus aux toilettes, il n'y en a pas l'as-tu remarqué, ironise-t-elle !

Il n'y a même pas une douche pour se délasser.

- On a le droit, même ici, à une sorte d'intimité, ce n'est pas l'apanage des femmes de vouloir être tranquille à l'abri des regards.

Sur ces mots, le groupe sourit et se sépare pour méditer et réfléchir à la suite des évènements.

Suzanne s'allonge sur son lit et pense, pense à ses enfants et à ses petits-enfants.

Si elle a bien saisi, leur avenir est en danger, ils sont tous menacés, elle doit les protéger coûte que coûte.

Elle s'est battue toute sa vie pour les autres ; cette fois ci, c'est pour elle et tous ceux qu'elle aime le plus au monde qu'elle doit combattre.

Elle ne se laissera pas faire et luttera de toutes ses forces quoi qu'il en coûte et ces être venus d'on ne sait où ne lui font pas peur...

Enfin si ! Enormément en fait...

La salle

En se dirigeant vers la grande maison, notre petit groupe se demande bien ce qu'ils vont y trouver.

La porte est immense mais ouverte, un long et unique couloir les fait déboucher dans une grande pièce ronde. Il n'y a personne, quatre belles chaises sont alignées, ils s'assoient et attendent. En face d'eux, il y a deux sortes d'estrades légèrement en hauteur ; entre elles, il y a comme un renfoncement très profond, cela ressemble à un passage, on ne voit pas ce qu'il y a dedans, c'est flou, rectangulaire, gris et pas très attirant, glauque comme l'entrée d'un tunnel souterrain de gare, la nuit, en banlieue parisienne.

Quatre personnes viennent d'apparaitre un peu comme par magie ; de chaque côté se trouve un homme et une femme.

Ils se tiennent là, avec un air grave et sérieux. Le groupe échange de furtifs regards quand l'homme du couple de gauche prend la parole.

- Cela vous convient-il ? Est-ce plus à l'image de votre esprit, êtes-vous rassurés et pouvons-nous commencer ?

- Je reconnais votre voix, vous êtes le premier qui s'est adressé à moi quand je suis arrivée ! dit Suzanne.

Vous nous connaissez bien, mais nous pas ! Présentez-vous donc s'il vous plait ?

La femme à ses côtés répond :

- Nous avons pris cette forme et parlons comme vous pour vous apaiser.

Nous n'avions pas réalisé la fragilité de vos esprits.

A ma droite, celui que vous avez déjà entendu, si on devait lui donner un nom, s'appellerait Ortag. Il est le plus ancien et le plus impatient d'entre nous et sachez qu'il n'est pas facile de dialoguer avec lui, vous diriez qu'il est « susceptible ».

A ma gauche, l'image de l'homme est Sirmak.

Il est le plus jeune, le plus sage et le plus calme, il est l'inverse d'Ortag. Il est le second à s'être adressé à vous et a plaidé votre cause pour que toute cette représentation soit plus « humaine ».

A côté de lui se tient l'image d'une femme car nous voulions une parfaite équité dans les moindres détails.

On la nommera Plania, elle est la plus réfléchie et répond avec logique.

Et enfin, moi-même, je me nomme Arfit. Je suis pour le dialogue mais je parlerai et vous répondrai avec franchise ! Je suis directe et je ne mâcherai pas mes mots !

Je ne vous ménagerai pas et, comme vous le dites, « je ne prendrai pas de gant avec vous ».

Faites en autant, n'hésitez pas, vous ne risquez rien ! Nous ne sommes pas ici pour tergiverser mais pour agir !

Avez-vous d'autres questions auxquelles nous pourrions répondre ?

- C'est quoi toute cette comédie ? lance M. Yama.
- Yama ! Quel caractère ! Cela ne m'étonne pas qu'Ortag t'ai choisi !

Naya, tu as été choisie par Plania, Suzanne par Sirmak et toi, Wamai, c'est moi qui t'ai fait venir ici.

Je vais essayer de vous expliquer votre rôle ainsi que le nôtre.

Arfit se déplace comme le ferait un professeur, elle s'approche des quatre spectateurs ébahis et se lance dans un docte exposé.

Nous étions déjà là bien avant ce que vous les humains appelez : Le Big bang.

Ce petit sursaut d'un univers n'aurait pas dû nous déranger. Puis nous nous sommes aperçus qu'il nous avait pris une petite partie de notre énergie.

Nous ne sommes pas immortels et le temps n'a que peu d'importance à nos yeux, en tout cas, pas de la même façon que les êtres vivants.

A votre échelle, cela représenterait des centaines de milliards d'année, voire beaucoup plus.

Cette énergie volée n'est pas un problème mais elle a été transmise à chaque atome de votre galaxie.

Grâce à elle, la vie a donc essaimé un peu partout dans votre univers, et bien évidement votre planète.

Sachez que nous avons vu des milliards de mondes naître et mourir, des millions de civilisation sortir de la boue, grandir et se détruire. Pour une raison qui m'échappe, il a été décidé que votre petite planète aurait une liberté totale sans aucune interaction.

Nous avons donc laissé cette petite boule se façonner, nous avons vu les microbes se développer, les arbres grandir et naître toutes les espèces de votre monde.

Vous croyez que tout a été linéaire, vous vous trompez !

Par le passé déjà, des êtres immenses ont peuplé votre terre et la dévastaient, aucun être dit « intelligent » n'existait.

Nous savions que cela était une aberration mais nous ne pouvions pas agir, nous n'en avions pas le droit.

Heureusement, parfois, le hasard fait bien les choses et une immense météorite frappa la terre avec violence, quatre-vingt-dix-neuf pour cent des êtres vivants furent exterminés.

Puis doucement, après cette remise à zéro, tout a recommencé et là, enfin, vous êtes arrivés !

Les humains ! Des êtres dotés d'une parcelle d'intelligence, vous étiez l'espoir, votre soif d'apprendre, votre curiosité et votre inventivité étaient vu comme un signe.

Une possibilité que finalement semer la vie n'est pas un accident, mais une chance, un devoir.

Nous pensions même que peut-être vous seriez prêt un jour à nous atteindre, à être comme nous, voire à nous remplacer.

Quelle déception !

Vous avez tout gâché ! Alors que vous aviez la possibilité d'avancer vers la sagesse et la lumière, vous vous êtes dirigés vers les plus sombres desseins.

Nous avons patienté, avions confiance en vous mais malheureusement cela n'a fait que s'aggraver !

Au vu de vos stupides actions, il a été décidé de nous mandater pour apporter une réponse finalement très simple :

Ou vous laisser continuer et peut être que vous ne vous détruirez pas par vous-même !

Qui sait ? Vous trouverez peut-être la voie de la sagesse et emprunterez un autre chemin ?

Ou alors, faire nous même une remise à zéro totale de votre planète, dans l'espoir qu'une nouvelle forme de vie enfin réellement intelligente puisse apparaître.

Aujourd'hui, votre soleil a atteint la moitié de sa vie, nous espérons donc être satisfaits avant que votre étoile ne meure et n'emporte tout avec elle dans environ cinq milliards d'années !

Les règles sont simples, nous sommes comme dans un tribunal sur terre.

Vous êtes les représentants de votre monde, nous vous avons sélectionné judicieusement et nous vous écouterons, vous pourrez parler sans aucune crainte ou peur de représailles.

Malgré l'énorme différence qui nous sépare, nous n'avons pas le droit d'utiliser notre puissance contre vous au cours du procès et de toute manière, ce n'est pas notre façon d'agir.

Nous vous questionnerons, vous répondrez et argumenterez, chaque mot sera retranscrit dans le livre comme un greffier le noterait.

Puis, à l'issue de cela, nous discuterons entre homologues et nous prendrons la décision finale tels des jurés.

Sachez que ce n'est pas la première fois que nous le faisons ! C'est notre rôle depuis des millénaires. Une fois prise, la sentence sera immédiate et sans appel !

Un profond silence suivit ce discours, les humains bouche-bée se regardèrent, ne sachant plus quoi dire.

Pourtant, il est clair que la situation est grave, mais comment prendre une telle responsabilité, comment rester serein quand la vie de huit milliards de personnes est en jeu ?

- Vous êtes des jurés, rétorque Suzanne, Mais où est le juge ? Je ne le vois pas !

- Celui que l'on nomme « le juge suprême » est bien là ! Mais il restera en retrait.

A ces mots, Arfit montre du doigt le passage gris et inquiétant qui sépare les deux estrades. Suzanne plisse les yeux, mais ne voit rien… Arfit reprend :

- Le juge suprême n'interviendra pas. En aucun cas il ne parlera, mais il écoutera. Il n'agira pas, mais réfléchira et jamais, quoi qu'il arrive, il ne discutera notre décision ou la remettra en question.

Vous ne pourrez pas vous adresser à lui, de toute manière il ne répondrait pas car jamais il ne vous parlera.

Sauf dans le cas unique où nous serions à égalité entre homologues et seulement si cela arrive, il prendra seul la décision et elle sera irrévocable !

Sachez qu'au cours de ces milliards d'années, de ces nombreux procès, cela n'est jamais encore arrivé !

Les humains se regardent et sont complètement sonnés après ce discours. Le silence revient et devient plus lourd.

Suzanne ne peut pas résister ; elle se lève et crie aux quatre jurés :

- VOUS ETES DE GRANDS MALADES ! VOUS NE POUVEZ PAS FAIRE CA ! EXTERMINER PLUS DE HUIT MILLIARDS DE VIE !

Vous parlez d'un gigantesque génocide, d'une extermination de masse, MEME SI VOUS EN AVEZ LE POUVOIR, VOUS N'EN AVEZ PAS LE DROIT !

Ortag répond sèchement :

- Ce ne sont pas que les humains qui disparaitront, c'est toute forme de vie sur terre ! Seules les graines seront épargnées dans l'espoir que plus tard, une autre génération d'êtres, véritablement intelligents cette fois-ci, ne prenne le relais ! VOTRE relais !

Vous avez tout gâché ! Votre hypocrisie et votre arrogance ont été le cancer de cette planète. Vous n'êtes que des métastases se développant sans cesse et vous allez tuer votre mère nourricière !

- C'est FAUX ! retorque t-elle, les humains ne sont pas si mauvais, oui, il en a de tyranniques et d'odieux, mais la majorité est bonne.

Les nouvelles générations vont tout changer. Vous dites que le temps vous importe peu, attendez, vous verrez !

- C'est terminé ! Le temps que vous aviez à votre disposition a été honteusement et bêtement gâché.

Vous pourrissez tous ce que vous touchez : au fil des siècles et des siècles, vous avez avancé au pas de guerres interminables, toujours plus terribles et cruelles que les précédentes.

Chaque progrès a été détourné pour en faire une arme encore plus puissante et plus destructrice que celle d'avant au lieu d'être utilisé pour le bien de tous !

Même en sachant que vous allez tout détruire vous continuez inlassablement, aucun être sain d'esprit ne ferait cela !

Mais vous recommencez, encore et encore, à salir et à étrangler cette superbe boule de vie.

Cette même vie, que vous traitez avec le plus grand mépris, la vôtre et celle des autres espèces qui ont le malheur d'être vos voisins !

- NON ! c'est faux ! Toutes les personnes avec qui j'ai eu des discussions pensent comme moi !

Les hommes ont de l'avenir. Attendez quelques siècles, vous verrez ! L'humanité a pris conscience, un peu de patience ça va changer ! J'en suis sûre, toutes mes connaissances y croient !

Par extension, ça signifie que la grande partie des gens pense comme cela.

Dans peu de temps, on prendra tous une autre route, une autre voie, la bonne cette fois-ci, j'en suis sûre !

- Tu le penses vraiment Suzanne, toutes les personnes que tu connais diraient la même chose que toi ?
- BIEN EVIDEMMENT ! On s'est battu pour ça toute notre vie ! Ma famille, mes amis et des centaines de personnes que je ne connaissais même pas.

Nous étions tous main dans la main, unis pour le changement et de meilleures valeurs.

Suzanne, à bout d'argument devant cette adversité qui la déstabilise, se met à réfléchir quelques instants les yeux fermés.

En les ouvrant, elle regarde Ortag qui l'observe impassiblement. Sans un mot, il hoche très légèrement la tête ; à ce moment-là, elle a comme une décharge électrique dans le cerveau, ça lui traverse la moelle épinière. En fait, c'est ce qu'elle aurait décrit si elle était encore dans son corps.

Elle entend trois mots, trois petites paroles anodines qui lui font l'effet d'un poignard entre les oreilles.

Tout son être s'est figé tel une proie devant le regard hypnotique du serpent.

Elle se retourne brutalement et distingue une forme.

Cette forme familière est juste derrière ses trois nouveaux amis, était-elle là depuis longtemps, a-t-elle entendu ce premier débat ?

Debout, sans bouger la silhouette la regarde, lui sourit et lui dit à nouveau :

- Ça va lapin ?

Bernard

Suzanne court, elle a l'impression que ce n'est qu'un rêve, de ceux dans lesquels on tombe sans jamais toucher le fond, ceux qui nous réveillent en sursaut, ceux qui nous font croire que la vie touche à sa fin.

Elle se jette à son cou, l'embrasse de toute ses forces, même si ses baisers n'ont aucun goût, elle caresse ses cheveux, le regarde, l'embrasse à nouveau et ne peut même pas pleurer de joie. Bernard, ici !

Il n'a pas changé. Il n'a plus le visage gris-jaune du mourant sur son lit d'hôpital, cette image de lui qui a hanté ses nuits durant de long mois. Il a l'air en forme pour un mort âgé d'une décennie.

- Tu es toujours aussi belle mon lapin, cela fait combien de temps ?

- Douze ans, douze longues années, tu as de nouveaux petits enfants tu sais.

- Ah oui ? Combien ?

- Trois de plus dont un garçon, mais que de tes filles, tu connais Marc...

- Oui, je m'en doutais, celui-là, il ne tiendra jamais en place.

Les anciens amants se serrent fort l'un contre l'autre,

- Ne pas avoir de sensation est une torture, dit-elle

Je n'ai jamais autant voulu pouvoir pleurer de toutes mes forces !

- Profitons de ces quelques instants, malheureusement cela ne durera pas dit-il.

- J'aimerais bien mais dans cet endroit de pacotille et ces corps artificiels, impossible de faire l'amour, lance-t-elle en souriant malicieusement.

Bernard la regarde et sourit à son tour ; longuement, il la dévisage, la regarde de haut en bas puis lui dépose un rapide baiser sur le bout des lèvres avant de lui glisser.

- Tu as un peu vieilli, juste un peu, mais cela te va vraiment bien.

- Merci, toi tu n'as pas changé !

- Qui a eu cette chance de se revoir au-delà de la mort ?

Tu te doutes bien que je ne suis pas là pour te faire plaisir ; Ortag est très malin, il sera le plus dur à convaincre de la bonne voie que prendra peut-être l'humanité.

- Tu sais pourquoi nous sommes là ? interroge-t-elle.
- OH que oui ! Je sais presque tout, ils m'ont expliqué.
- Tu vas pouvoir m'aider, c'est génial !
- Malheureusement non ! C'est même tout le contraire, je suis comme un témoin à charge !
- QUOI ! mais pourquoi ?
- Tu le sais très bien, nos longues discussions, parfois nos disputes, je n'ai absolument pas le même avis que toi sur les gens, et il le sait !
- Mais tu n'es pas obligé de le dire !

Suzanne se retourne vers les homologues et regarde Ortag qui les observe de son air supérieur. Puis en chuchotant elle demande :

- Ils ne lisent quand même pas dans nos pensées ?

Ortag hoche nouveau la tête et répond :

- Si Suzanne ! Nous le pouvons !

Se tournant à nouveau vers Bernard, elle lance :

- ET MERDE !
- Tu vois, impossible de mentir ou de cacher quoi que ce soit, ils savent tout, ils voient tout et ils sont tous persuadés que la « remise à zéro » est la seule solution.

Il faut absolument en convaincre trois que ce n'est pas la bonne méthode, sinon c'est la fin de tout !

A ce moment précis, Sirmak intervient :

- Non Bernard, tu te trompes ! Si j'ai choisi Suzanne comme représentante, c'est que je ne suis pas de cet avis ! Mais attention, je pourrais, lors du déroulement de ce procès, changer de camp !

Durant un instant, Suzanne regarde les trois autres de son équipe.

Elle ne les connaît pas, que pensent-ils ? Sont-ils avec ou contre elle ? Elle n'ose même plus penser, toute idée pourrait être mal interprétée.

- Mince ! se dit elle, où est l'intimité dans ce monde ?

Elle baisse les yeux, presque résignée :

- Tu vas être contre moi ?

- Je ne le désire pas, mais eux le veulent, Ortag cherchera à t'atteindre à travers moi !

Rappelle-toi nos différents sur l'avenir de nos enfants, du genre humain et...

Brusquement ? Ortag les interrompt :

- Il est temps de revenir, comme vous dîtes sur terre, «à nos moutons » !

Silencieusement Suzanne et Bernard se rapprochent d'Ortag, ce dernier reprend la parole :

- Alors Suzanne, toutes les personnes que tu aimes sont d'accord avec toi ?

- C'est vrai, dit Bernard, je détestais le monde dans lequel nous vivions. Un monde dirigé par l'argent et le pouvoir. Est-ce pour cela que j'aurais appuyé sur le bouton « reset » ? NON ! évidemment.

- Et rendre ce monde meilleur, si tu en avais le pouvoir, comme nous, le ferais-tu ?

- Oui ! Je le ferais, mais pas en détruisant toute vie !

- Pourtant, tu disais parfois qu'une bonne guerre ou un bon virus remettrait tout en place, et que peut être les survivants comprendraient… C'est comme une remise à zéro, n'est-ce pas ?

- Vous interprétez nos dires à votre façon ! Après tout, vous êtes si puissants, pourquoi n'éliminez-vous pas que les mauvais et les pourris ?

Vous lisez dans nos cœurs et nos esprits, faites donc cela ! Supprimez les monstres qui pourrissent tout ! Laissez la terre aux mains de personnes douces et gentilles, comme Suzanne par exemple !

- Et au bout de combien de temps cela recommencera-t-il ? Vingt ans, quarante ans ? A chaque nouvelle génération, il faudrait faire le ménage à votre place ?

Dans vos élevages immondes de bestiaux, qui ne sont même pas traité dignement, lorsqu'un virus arrive, que faîtes-vous ?

Vous exterminez tout le troupeau sans exception ! Vous appelez ça « le principe de précaution » !

Pourquoi seriez-vous traité différemment ?

La maladie est en vous, la maladie c'est vous, vous devez disparaître exactement pour la même raison !

Bernard ne peut répondre et se tait...

- Tu as triché Ortag ! reprend Suzanne, tu n'avais pas le droit de nous déstabiliser de la sorte ! Je croyais que vous feriez tout avec équité ! Avons-nous la moindre chance de gagner ou n'est-ce qu'un simple jeu de dupe

- Prends-tu plaisir à nous torturer ? Et les autres à nous regarder souffrir et nous débattre dans cette gigantesque toile d'araignée ?
- Est-ce une torture que de revoir l'être tant aimé, celui qui est parti bien trop tôt ?
- Tu joues avec les mots ! OUI ! Bernard n'est pas et n'a jamais été du même avis que moi, il ne voulait même pas d'enfant dans « ce monde de merde », comme il disait.

Mais grâce à l'amour qu'il a en lui et à la beauté du premier bébé, il a changé d'avis.

Nous avons eu quatre beaux enfants qui, eux, sont bons et représentent la nouvelle génération !

Il y en a combien comme cela ? Combien d'humains ont changé d'avis ? Parfois pour le mauvais côté, je suis d'accord, mais nombre de mauvais changent aussi et deviennent les plus sympas et les plus protecteurs !

Dis-moi, Ortag, à aucun moment tu ne t'es demandé si les humains n'étaient pas plus complexes que tu ne crois ?

Ta suffisance et ton arrogance ne t'ont-elles pas fait oublier que, malgré tous vos pouvoirs, vous vous trompez, tout simplement.

Etes-vous vraiment sûrs de voir et de comprendre réellement les pensées, les sentiments et l'âme des humains ?

Ortag ne dit rien durant un instant ; impassible il ne bronche même pas.

Suzanne aimerait qu'au moins, il soulève un sourcil d'un air intrigué, comme le faisait Mr Spock dans Star Treck en disant « FASCINANT ».

Elle déteste ces longs moments de silences... Sirmak se tourne alors vers elle :

- Merci Suzanne, tu peux t'assoir. Tu auras un peu de temps seule avec Bernard, mais à la prochaine réunion, il devra repartir, sa place n'est plus ici, son rôle est terminé.

Une chaise apparaît à côté de celle de Suzanne et Bernard s'assoit, il prend la main de sa femme, la regarde tendrement et lui sourit.

- Voulez-vous continuer ? Demande Sirmak

Wamai se lève et dit

- Je pense que l'on a bien compris ce qui va se passer. Un peu de temps pour nous préparer et digérer tout cela nous ferait du bien, êtes-vous d'accord les amis ?

L'ensemble des humains étant du même avis que lui, ce premier débat prend fin.

En se retirant chacun dans sa maison, ils ne se disent rien à part se donner rendez-vous plus tard...

Une fois dans la maison, les deux amoureux se couchent l'un en face de l'autre, et durant un très long moment, pourrait-on dire des heures dans ce monde, ils se regardent dans les yeux sans parler.

Même si le contact n'est pas le même, ils ressentent tout au fond d'eux l'amour qui les avait uni toutes ces années...

Quelques instants pour rattraper douze ans, c'est peut-être dérisoire mais, à ce moment précis c'est un véritable cadeau !

Ils marchent main dans la main, comme deux adolescents qui viendraient de connaitre leurs premiers émois. Silencieusement, ils avancent sans rien dire. C'est une première, au-delà de la mort, deux amours sont à nouveau réunis.

- As-tu un souvenir de ce qu'il s'est passé juste après ton décès ? As-tu vu la lumière, le tunnel, Dieu ?

- Je n'ai aucun souvenir... Je vois vos visages en pleurs, autour de ce lit d'hôpital sordide, le tien est le plus proche, je sens ton odeur puis je ferme les yeux en essayant de vous envoyer tout l'amour que j'avais en moi...

Lorsque je les ai rouverts, les homologues étaient là, puis ils m'ont expliqué.

Au début, je ne les voyais pas, mais leurs voix me faisaient vibrer de tout mon être et je les ai pris pour des dieux.

Ils réfutent fermement cette appellation !

J'ai même l'impression que cela les énerve au plus haut point, surtout Ortag.

Celui-là, depuis qu'il est visible, il me fait encore plus peur !

Cette façon qu'il a de parler, de te fixer puis de hocher la tête comme un adversaire avant un combat de MMA qui a envie de te déboiter le crâne...

J'ai pu assister à votre arrivée, je pouvais vous voir et vous entendre mais pas vous, jusqu'à ce que j'apparaisse.
- As-tu vu le juge suprême ?
- Non ! Mais ils m'en ont un peu parlé et à un moment, j'ai senti quelque chose de très, très fort, encore plus fort que leur présence.

J'étais comme observé, décortiqué mais différemment.

Je me demande s'il est leur supérieur, le vrai « Dieu »

Je n'ai pas osé poser la question ! Je suis dingue, qu'est-ce que je risque, je suis déjà mort ! Mais vu leur puissance, va savoir !

Tu te rends compte de leur pouvoir ? Ils peuvent faire revenir un mort, lire les pensées de milliards d'humains, vous séparer de vos corps et créer ce monde !

Jusqu'où peuvent-ils aller ? Peut-on lutter contre eux ?

- Ils ont promis qu'ils ne nous sanctionneraient pas, que l'on pourrait parler librement. C'est un avantage, mais ils savent tout, cette conversation, ils l'entendent !

DITES LES GARS ! C'EST POSSIBLE UN PEU D'INTIMITE, S'IL VOUS PLAIT !

- Je viens de réaliser que cela a été très vite ; avec les autres, nous n'avons pas pu discuter, ni échanger nos points de vue. Il faut absolument le faire.

A priori, les homologues se moquent du temps, ils attendent dans la salle sans nous convoquer. Mettons donc ce temps à profit !

Ils repartent sans se presser vers leurs quartiers, à nouveau main dans la main.

- Si je revois les enfants un jour, veux-tu que je leur passe un message ?
- Évidemment ! Dis-leur à quel point je les aime et que je suis fier d'eux et à mes petits-enfants aussi, même ceux que je ne connais pas !

En continuant leur chemin, à ce moment précis, ils ont quinze ans, même pas boutonneux. Ce n'est pas grave si les vacances se terminent, ils s'aimeront toute la vie !

De toute façon, les vieux « schnocks » n'y comprennent rien !

Plus rien ne compte. Ces moments inespérés doivent être pris. Le temps leur est compté, même ici.

La pause

Sirmak les a prévenus ! Profiter du bonheur quand il est là, le saisir à pleines mains, mordre à pleines dents dans ce gâteau sucré, avoir le cœur qui bat et l'esprit embrouillé par les sentiments est un présent.

Ils le ressentent quand même dans leurs corps d'emprunt, l'effet placebo joue son rôle, même dans un autre univers.

Ne rien faire, se poser trop de question et regretter ne sert à rien. Les pensées parasites ne servent qu'à alimenter une partie sombre de nos doutes, de nos cauchemars.

Pourquoi réfléchir ? Et si Sirmak par son action leur donnait une leçon de vie ?

Pourquoi Ortag a fait apparaitre Bernard ? Pourquoi est-ce Sirmak qui a décidé de le laisser plus longtemps présent ?

Pour Suzanne ? pour Bernard ? Pourquoi donc finalement ?

Ortag n'a même pas bronché et sa tête est restée droite ; il l'a accepté, comme ça.

Ceci dit, on ne sait pas comment ils communiquent entre eux.

Est-ce un plan machiavélique ? Sont-ils aussi neutres qu'ils le prétendent ou n'est-ce qu'un jeu, un jeu cruel dans lequel les humains ne seraient que de vulgaires pions ?

Décidément, ces êtres surpuissants sont pleins de surprises.

Suzanne et Bernard contactent les autres pour une réunion. D'entrée, l'ambiance est tendue, il va falloir jouer serrer.

Suzanne, en meneuse, prend la parole :

- Merci d'être venus, je suppose que vous n'aviez rien de mieux à faire à par sauver le monde ! Vous avez compris l'enjeu qui se joue ici, ils veulent supprimer toute vie sur terre à cause de l'interaction des humains sur la planète !

On ne se connait pas et on vient de pays totalement différents mais je pense qu'il va falloir être solidaires si on veut éviter cette catastrophe.

Je ne connais pas grand-chose de vos vies, de votre passé. Je sais que Naya n'a pas d'enfants et qu'elle est infirme sur terre. Je voudrais connaitre vos pensées.

Êtes-vous pour ou contre cette apocalypse, quel est votre point de vue ?

- J'ai onze enfants et trois femmes, répond Wamai,

La vie est très dure là d'où je viens et cela est courant en Afrique.

Evidemment, j'aimerais que cela s'arrange mais de là à déclencher un cataclysme, c'est hors de question !

J'ai affronté des hordes de bêtes sauvages, ce ne sont pas ces quatre zigotos qui vont me faire peur, même si, je l'avoue, ils sont terrifiants. Mais quand on ne peut pas fuir, on fonce dans le tas ! Suzanne, je suis avec toi !

Comme pour étayer ses dires, il frappe très fort sur la table et se lève en la regardant droit dans les yeux.

Elle est impressionnée par cette force de caractère et ce charisme. Il y a dans sa voix quelque chose d'ambigu ; il vient d'un tout petit village perdu d'Afrique mais sa façon de s'exprimer montre qu'il a reçu une éducation poussée, a-t-il fait des études supérieures ?

Ce n'est pas le sujet, on verra plus tard.

- Yama, as-tu quelque chose à dire ? demanda-t-elle

- Y a-t-il quelque chose à rajouter ? J'ai eu quatre enfants, il en reste deux. Ma femme est morte il y a plus de quinze ans. J'espère qu'ils ne vont pas la rappeler comme Bernard !

Elle serait capable d'appuyer elle-même sur le bouton ! Quoi qu'elle pourrait faire peur aux homologues et on serait tranquille !

Mon fils ainé est mort, il s'est suicidé ! J'en suis sûrement responsable, j'ai dû lui mettre trop de pression, je voulais qu'il soit fort.

Une de mes filles a disparu lors d'une catastrophe naturelle. Mais là n'est pas notre sujet n'est-ce pas ?

Je pense que notre monde est en train de mourir, de s'auto-détruire !

Les hommes sont des imbéciles qui ne méritent pas cette aubaine de vie ! Le respect est très poussé au Japon, mais même là-bas le fric a tout détruit.

Je suis très riche, à quoi cela me sert-il aujourd'hui ? Je ne peux même pas me payer un bon avocat ou soudoyer les jurés, c'est bien dommage.

Tout le monde le regarde en se demandant s'il n'était pas un maffieux ou s'il ne faisait pas partie d'une triade.

- JE PLAISANTE ! dit-il avec force, Je suis honnête, presque en tout cas… Je peux penser parfois qu'il faudrait tout remettre à plat sur terre.

Mais qu'une troisième bombe nucléaire la détruise entièrement, ça NON !

CA SUFFIT LES CONNERIES !

Je suis aussi dans ton camp Suzanne, mais bon sang, arrête de m'appeler « Mister grognon ». Les vieux ça râle c'est comme ça !

Surtout en France n'est-ce pas ? Vous les Français ! Vous êtes de sacrés phénomènes, jamais contents !

Toujours à crier et à radoter, vous êtes vieux dès la naissance ou quoi ?

C'est vous les « grincheux » de la planète !

Le groupe sourit aux répliques de M. Yama mais Naya ne dit rien.

Wamai s'adresse à elle

- Naya, à toi ! Naya… n'as-tu rien à dire ?

Elle les regarde d'un air triste, puis doucement répond.

- La vie est un enfer depuis ma naissance et je suis perdue, je ne sais pas quoi faire, quoi penser. J'aime les gens, mais eux ne m'aiment pas et me font du mal !

Je suis cloîtrée comme un monstre dans une pièce de seize mètres carrés, heureusement qu'il y a une douche et des toilettes.

La porte n'est pas fermée mais je suis en prison. Je suis emprisonnée pour un crime que je n'ai pas commis.

Je suis punie sans savoir pourquoi. Jusqu'à aujourd'hui, je vivais dans le noir absolu et dans la peur mais ce n'était pas assez ! Vous êtes les premiers visages que je vois vraiment.

La douleur et la culpabilité se sont rajoutées à cet enfer. Ma punition n'est -elle pas assez cruelle ? Je dois maintenant prendre parti pour ou contre une extermination totale !

En Inde, la vie est sacrée, normalement on ne doit pas tuer, même un insecte, sauf si nécessaire !

Mais la brutalité des hommes, ce système de castes injustes respectent-ils ce concept ?

Heureusement, mes parents sont bien nés et ont de l'argent. Ils ne sont pas richissimes mais plutôt très aisés, ce qui est un miracle là-bas.

Vous voulez mon avis, je ne sais pas ! Appuierais-je sur le bouton « reset » ? Si je le pouvais, peut-être !

Le groupe la fixe sans rien dire, elle baisse la tête et ne les regarde plus. Elle vit un enfer, comment lui en vouloir ? Les homologues l'ont bien choisie, elle risque de faire leur jeu, ils le savent, ils le veulent.

Ont-ils encore quelques cartes secrètes à jouer comme Ortag l'a fait avec Bernard ? Avec eux, on peut s'attendre au pire et surtout, à l'impensable, l'inimaginable, comme le retour d'un mort.

La partie va être dure ; s'ils avaient leur corps de chair, ils risqueraient le décès par épuisement, physique et mental.

Comment convaincre des êtres célestes, ils n'ont absolument pas la même vision, la même compréhension que les êtres humains ?

Leur immense perception de l'univers est impossible à appréhender, à comprendre.

Pour discuter et espérer convaincre, il faut être au même niveau. Comment un humain pourrait-il décoder l'esprit d'une puce, d'une bactérie, d'un virus et agir pour eux ?

C'est impossible même en parlant le même langage !

M. Yama dit :

- A qui le tour ? Suzanne a été la première, ils vont en choisir un autre et le passer à la moulinette !

Préparons-nous, on va tous y passer les uns après les autres !

A ces mots, tout le monde se lève et se sépare.

Nos deux tourtereaux restent à nouveau seuls.

Ils se regardent, ne se parlent pas.

Puis sans un mot, Ils retournent sur le lit, et continuent de savourer chaque instant.

Ils le savent, ils sont dans l'œil du plus grand cyclone jamais vu !

TEMPS

L'esprit humain fonctionne en s'appuyant sur le temps comme le fait un pont sur ses piliers.

Avez-vous remarqué comme sa durée varie en fonction de votre humeur ; si vous êtes heureux, il s'écoule bien plus vite mais dans le cas contraire, il ralentit inexorablement.

En cas de forte douleur, physique ou morale, il devient terriblement et extrêmement lent.

On pourrait imaginer à quelle vitesse il s'écoule pour une personne en très grande souffrance.

Si un jour quelqu'un dit : La vie passe trop vite !

Pourrait-on en déduire qu'elle est vraiment heureuse ?

On remarque aussi que sans lui on est perdu. Combien de personnes n'ont pas de montre, volontairement, mais ils recherchent toujours malgré tout, un repère temporel.

Sinon, c'est comme conduire sur des routes non peintes ; sans les lignes on a plus de mal à rester droit, pourtant la route est la même.

L'impatience a aussi pour effet de ralentir le temps ; mais est-ce le temps qui ralentit ou est-ce notre esprit qui a du mal à se repérer, à s'accrocher, pris dans un tourbillon d'émotions ?

On en a besoin comme d'un ancrage dans le monde réel ; sans lui on a l'impression de dériver comme un bateau en panne, pris dans une tempête.

Privé du temps, comment l'esprit réagirait-il ?

Y résisterait-il ou deviendrions-nous complètement fous ?

Le temps n'est pas omniprésent comme sur terre dans cet espace artificiel. Nos cinq comparses en ont-ils conscience ?

Ils ne semblent pas encore dériver, ils paraissent même s'en accommoder ; est-ce parce que seule leur essence est là ? Les rythmes biologiques ne servent-ils qu'aux corps ?

En attendant, Ils profitent de ce moment de calme pour réfléchir ; Wamai et Naya sont silencieux et semblent s'être renfermés sur eux même.

M. Yama, bougonne, tourne en rond sans cesse. On ne comprend pas un mot de ce qu'il dit. Suzanne le taquine un peu de temps en temps et cela fait sourire Bernard.

Mais le moment de la séparation est venu, encore !

Revivre cela une deuxième fois, même si ce n'est pas un décès, dans une chambre d'hôpital glauque et sordide, c'est tout autant cruel, encore !

Même si les larmes, ici, ne coulent pas, Suzanne va voir Bernard mourir, encore !

Il va falloir trouver les mots, sourire et retourner affronter les homologues, encore !

Et surtout ne rien lâcher, encore !

L'adieu

Les cinq passent la grande porte et retournent dans la salle. Les homologues sont encore là, fixes, comme s'ils n'avaient pas bougé de place, toujours aussi droits et fiers comme des statues.

En s'asseyant, Suzanne remarque qu'il n'y a que quatre chaises ; Bernard l'avait déjà vu, il reste debout en la regardant.

Elle se relève et le prend dans ses bras, elle n'oubliera jamais ce merveilleux instant où ils ont pu se dire adieu réellement.

Elle a parlé tellement longtemps, lui a tout raconté dans les moindres détails pendant qu'il la regardait et buvait ses paroles, n'ayant rien à dire.

Elle a essayé de lui résumer ces douze ans.

Douze ans, c'est long mais en même temps, cela passe tellement vite.

A quoi pouvait-il bien penser ? A quoi pense un mort qui va devoir mourir encore une fois ?

A-t-il vraiment aimé revenir, revoir et écouter ?

Sans un mot, elle se libère de ses bras doucement, passe les doigts le long de ses joues, partant des yeux vers la bouche comme le feraient des larmes.

Il sourit encore plus fort, fait un cœur avec ses mains et se retourne vers les homologues.

Suzanne, à ses coté sans le regarder, lui tient la main et la serre fort, jamais elle n'avait serré sa main aussi fort, sauf peut-être, lors de la naissance d'Anne, la première venue.

Quelle connerie de ne pas vouloir de péridurale !

Je veux tout ressentir disait elle ! Elle a eu ce qu'elle voulait, toutes les sensations !

De toute manière, on ne l'y reprendra plus, elle n'aura pas d'autre enfant ! Faire sortir un truc aussi gros de son corps c'est TERMINE !

La nature avait tout prévu d'après elle ! MON ŒIL ! CA FAIT MAL BORDEL ! QU'A T ELLE A FOUTU LA NATURE ?

Bernard se mordait les lèvres tellement elle serrait fort, sa main allait surement être broyée !

Comment une petite bonne femme peu avoir autant de force ! L'adrénaline de l'accouchement peut-être ? La prochaine fois, il fera comme les autres pères, il attendra dehors ! S'il y a une prochaine fois !

Aujourd'hui, pas de douleur mais il sent quand même cette force. Sa main est comme prise dans un puissant étau.

L'homologue les regarde un moment et dit :

- Etes-vous prêts ? Peut-on continuer ?
- NON ORTAG ! crie Suzanne, laisse-moi pleurer ! Fais que je pleure !
- Ce n'est pas possible ici répond-il, seuls les corps de chair peuvent pleurer.
- Mais on rit pourtant !
- Le rire vient du fond de l'être comme les pensées, les sentiments ; les larmes viennent d'un simple organe, d'une vulgaire réaction chimique et ici il n'y en a pas !

Puis Ortag hoche à nouveau légèrement sa tête comme l'autre fois, Suzanne ferme les yeux, entend «je t'aime Lapin» et sa main se referme sur du vide...

Bernard est parti, encore !

Chuut !

Encore un silence…

Le silence peut parfois être apaisant, le calme, la sérénité sont à ce moment-là recherchés.

Le bruit serait-il agressif ?

Pourtant, à contrario, la musique forte nous enivre si on l'aime, car sinon elle devient du bruit, un bruit insupportable !

Un silence peut aussi être gênant, dîtes à l'être adulé « je t'aime », s'il ne répond pas, c'est douloureux.

Que penser du silence lors du recueillement sur une tombe ? Est-ce un silence nécessaire, obligatoire ?

Il y a aussi la fameuse « minute de silence », le seul silence qui « parle » à la place de toutes les personnes réunies.

On l'aime ou on ne l'aime pas ce silence, c'est toute la complexité de l'être humain, tu en veux ou tu n'en veux pas ?

Un jour « oui » un jour « non » ? Comment savoir, mais pour le demander, il faut briser le silence et faire du bruit alors qu'il est peut-être désiré ?

Pour l'instant, ce lourd silence va être rompu par Arfit :

- Wamai, la vie est belle pour toi sur terre ?

Interpellé, il lève la tête, le défie du regard et en se levant, réplique :

- Et toi quel est ton avis ? On ne connaît que trop bien celui d'Ortag, celui de Sirmak mais vous, les deux autres, on ne sait rien.

Vous regardez et vous ne dîtes pas un mot ! Etes-vous des « sous-fifres » ?

N'avez-vous pas votre propre opinons ou suivez-vous les autres comme des TOUTOUS !

Réponds donc à ma question, Arfit !

Doucement, Arfit se déplace vers Wamai. Sa voix s'élève et devient plus stricte, plus solennelle.

Lorsqu'il se trouve près de lui, il s'arrête et le regarde droit dans les yeux, puis sans sourciller lui lance d'un ton monocorde méprisant :

- Tu penses que j'aurais fait venir quelqu'un comme toi pour me représenter si j'avais la moindre parcelle de doute quant à l'éradication de votre espèce qui pourrit cette belle planète ?

Non ! je n'ai pas d'hésitation, je suis du même avis qu'Ortag ! D'ailleurs, c'est peut-être lui qui est de notre côté ! Il est possible que ce soit lui, notre « toutou » ; tu entends Ortag ? Es-tu à notre botte, es-tu notre larbin ?

A ces mots Ortag ne bouge pas un cil, il reste impassible, complètement immobile.

- J'ai simplement envie Wamai que tu nous expliques comment tu as vécu, ce que tu as ressenti durant ce demi-siècle passé dans la peau d'un humain, devrais-je dire d'un sous-humain !

Ta souffrance au quotidien, la douleur de tes proches pour qui finalement la mort est une délivrance voire une bénédiction !

RACONTE comment vous êtes obligés de subsister dans la fange jours après jours pour quelques miettes de merde. Alors qu'une petite élite se noie dans des piscines, une coupe de champagne à la main, en riant de bon cœur et en exposant toutes leurs belles dents si blanches !

DIS-NOUS pourquoi ton père a été obligé de quitter le village avec, pour seul bagage, son unique enfant dans les bras après la mort de sa seule femme, celle qu'il aimait plus que tout au monde, l'amour de sa vie !

EXPOSE-NOUS DONC le racisme de tes soi-disant « frères » à l'école, la cruauté de tes compagnons de faculté qui ne voyaient en toi que le « sale bouseux puant » de l'Afrique !

ET ENFIN ! NARRE l'histoire de ce père mort d'épuisement car il travaillait sept jours sur sept, douze voire quatorze heures par jour pour essayer de sauver son seul enfant, afin qu'il puisse vivre à la ville loin, très loin de ce village maudit !

Et qu'a fait cet idiot de fils, le croyez-vous ?

Il n'a rien trouvé de mieux que d'y retourner, la tête baissée, la queue entre les jambes et ce, malgré les diplômes obtenus !

Alors Wamai, veux-tu bien répondre à ma question maintenant ?

A ce moment précis, Wamai décoche un terrible coup de poing à l'homologue !

Evidemment, ce dernier ne bouge pas d'un millimètre. Un coup pareil aurait assommé un rhinocéros, mais pas ici, autant taper un mur de béton armé avec une boulette faite en papier toilette.

En esquissant un petit sourire, Arfit dit :

- OUPSSS ! touché, Ça t'a soulagé au moins, tu t'es calmé Wamai ?

- Et alors, en quoi ma vie te regarde ? Mes choix sont les miens et cela est MA vie !

Que vas-tu faire maintenant ? Faire apparaitre mon père pour qu'il m'engueule, faire venir ma mère pour une leçon de morale ?

Quelle importance ! Ce que j'ai fait est MON problème !

C'est mon procès ou celui des humains ?

Oui ! Mon père s'est marié avec ma mère, il avait dix-sept ans et elle seize. Ils étaient amoureux depuis toujours et ce fut un beau mariage d'amour.

Malheureusement, trois ans après ils n'avaient toujours pas d'enfant. Mon père subissait des pressions pour prendre d'autres femmes pour épouse, il refusait catégoriquement.

Toutes ces pressions et ces réflexions minaient leur vie.

Les habitants de mon village sont de bonnes personnes, ils sont compréhensifs et ne les emmerdaient pas.

Mais le doyen de l'époque n'était qu'un gros con, prétentieux et arrogant ! Comme toi et Ortag !

Puis je suis né ! Un miracle ! Ma mère avait vingt-huit ans, puis, quelques années après, elle est morte d'une grave infection, quelques antibiotiques de base auraient pu la sauver.

On n'a rien là-bas, même pas de l'aspirine ! Une simple coupure, un microbe banal sont souvent la source de gros problèmes. Seuls les plus forts survivent !

J'avais donc huit ans, mon père a cru mourir de chagrin. Il ne parlait plus, son visage était devenu sans expression.

Cette terrible dépression l'avait transformé. Il avait perdu sa combativité et se laissait couler doucement. Il s'est même mis à boire et est devenu insupportable.

Notre boisson locale est très forte, on peut vite devenir alcoolique.

Suite à une énième dispute avec l'autre abruti de chef, il a pris le peu d'affaire qu'il avait et son trésor le plus précieux, son fils !

Il a quitté ce maudit village. Il voulait une vie meilleure pour moi, pour nous.

Arrivés en ville, on a dormi sous des ponts, trouvé à manger dans des poubelles mais on s'est accroché.

En moins de deux ans mon père a trouvé un travail, c'était dur mais on a eu un petit appartement et je suis allé à l'école !

C'est vrai, on se moquait de mon accent de « bouseux », mon dialecte est très peu parlé, mais j'ai vite appris le leur, ça se ressemble pas mal.

Cela a été plus compliqué pour mon père mais il s'en est sorti.

Oui, c'est vrai Arfit, je suis diplômé !

Ingénieur en « hydraulique et mécanique des fluides » et j'ai passé un Master puis un doctorat dans le même domaine.

J'ai trouvé un emploi, mon père pouvait arrêter de travailler comme un forcené pour moi. J'allais enfin m'occuper de lui.

Mais il était trop tard, il était comme résigné, il avait perdu sa combativité et il a lâché prise.

Avec mon salaire, on avait tout ce qu'il nous fallait, mais je n'ai pas pu acheter du temps pour lui.

On a passé quelques semaines, ensemble, heureux.

Il est mort quatre mois après, comme s'il avait accompli son œuvre, sa mission.

Un an après, à vingt-six ans, je suis retourné au village, l'idiot était mort. Remplacé par un autre bien plus intelligent, ce n'était pas bien difficile en même temps.

Et la suite, plusieurs mariages, des enfants et me voici ici !

Ça va Arfit TU ES CONTENT ?

- Non tu n'as pas tout dit Wamai ! Pourquoi as-tu eu la vie si dure à la ville, pourquoi les autres te sadisaient autant, pourquoi as-tu dû te battre autant ?

- Cela n'a aucune importance pour notre débat !

- Tu veux que je raconte à ta place ?

- CA VA ! Un professeur plus malin a remarqué mes excellents résultats. Il m'a pris sous son aile et m'a fait travailler dur.

Cela énervait les autres. J'étais toujours en tête. J'ai gravi les échelons très vite. J'étais toujours bien plus jeune que mes camarades de classe

J'apprenais facilement, trop facilement à leur goût.

Être dépassé par un gamin bien plus petit, plus jeune et venant d'un ridicule petit village paumé au milieu de la jungle, touchait forcement leurs egos d abrutis.

Mon QI est de cent cinquante-quatre, celui d'Enstein était de cent soixante.

Ces espèces d'imbéciles ne comprenaient pas, ils ne connaissaient que les moqueries et les coups.

Des coups que je leur rendais sans jamais défaillir ; même en sang, je me battais jusqu'au bout.

Quelle importance cela a-t-il ?

- Mais si Wamai, on voit comment les humains traitent les autres, les leurs, on comprend que les idiots ont le beau rôle.

- Tu extrapoles, tu fais dire aux faits ce que tu veux. Quelques mollusques ne représentent pas huit milliards d'êtres !

- Pourquoi es-tu retourné dans cet enfer de village ? raconte-nous donc.

- J'y suis retourné pour améliorer leurs conditions de vie. Désormais, je suis capable de faire installer un puit. Ils auraient pu avoir enfin de l'eau propre et saine, la base. D'après mes relevés et mes calculs, il y en a pas très loin du village mais il faut du matériel. Forer un puit et installer une simple pompe biénergie, solaire et évidement thermique, sera amplement suffisant pour tous.

- OUI Wamai c'est ça, continue, montre à quel point l'homme est égoïste.

- J'ai mis beaucoup de temps, mais j'ai réussi à trouver les fonds nécessaires pour acheter le matériel et le faire livrer. La main d'œuvre sera gratuite, tout le village s'y mettra !

- Malheureusement cette pourriture d'Ebola a frappé le village de plein fouet ! cinquante-cinq pour cent des habitants sont morts. On a tout dépensé dans l'achat de médicaments. Heureusement, j'ai réussi à leur faire comprendre de ne pas toucher les corps et encore moins le sang des malades. Dans ce cas, il faut absolument se protéger et malheureusement, il faut brûler les cadavres et surtout ne pas les toucher. Cette méthode a sauvé beaucoup de monde. Certaines coutumes d'embaumement sont très dangereuses en cas de maladie contagieuse. Les villageois ne sont pas obtus, ils ont vite compris et ils ont appliqué les bonnes méthodes.

- Wamai ! tu sais très bien où je veux en venir...

A ce moment-là, Wamai baisse les yeux et se tait.

- Alors, reprit Arfit, on attend...

- CES PUTAINS DE MEDICAMENTS ETAIENT DES CONTREFACONS ! CA A MEME TUE DES PERSONNES !

OUI ARFIT ! ON NOUS A ARNAQUE ! TU ES CONTENT ?

Arfit tape dans ses mains comme à la fin d'un spectacle avec une arrogance particulièrement pénible dans le regard.

- OUI ! Je suis content, pour un peu d'argent on a failli exterminer tout un village, même plusieurs, belle mentalité !

Es-tu sûr de ne pas vouloir punir toute ces personnes qui salissent vos vies pour un peu de papier, sans se préoccuper des souffrances infligées ?

- NON ! Je ne suis pas comme eux, je ne suis pas un monstre !

- Toi NON, mais la majorité OUI !

Wamai se tait à nouveau, puis au bout d'un instant, il réplique

- J'ai attrapé Ebola, j'aurais préféré mourir que d'être là à te donner satisfaction !

Bordel ! Sans traitement on crève quatre-vingt-dix fois sur cent !

Tous mes amis m'ont dit au revoir le jour où j'aurais dû mourir, je les ai suppliés de brûler mon corps sans le toucher.

POURQUOI ai-je ouvert les yeux, guéri, le lendemain ?

- parce que Wamai, je ne l'ai pas permis !

- Quoi ! Que veux-tu dire ?

- Qu'imagines-tu, je t'ai choisi, tu devais être là, à cinquante ans !

Tu as une vie très dangereuse. Tu crois qu'Ebola t'a épargné, que ce petit corps a gagné seul le combat ?

Tu penses vraiment qu'un éléphant furieux, fonçant sur un humain qui a le pied coincé dans une racine, peut glisser, chuter et s'assommer seul ?

Non ! Ça non plus je ne l'aurais pas permis, tu es mon choix Wamai !

Sans nous, Naya et toi ne seriez pas là ! Enfin, pas sous cette forme ! Pour Yama c'est différent mais on en reparlera plus tard !

Au fait ! Combien cela coûte-t-il pour faire couler l'eau dans ton village ?

Abasourdi Wamai répond par réflexe :

- Environ vingt mille euros.

Arfit se tourne et demande :

- YAMA ! Toi qui es riche, combien coûte ta voiture ?

- BON SANG ! Appelez-moi par mon prénom ou dîtes « Monsieur Yama », c'est plus sympa !

- Ma voiture ? Laquelle ?

- La plus petite, évidemment...

- elle coûte environ quatre-vingt-dix mille euros

- Tu as vu, WAMAI, quatre villages sauvés ! Combien de personnes sont comme YAMA ? Ils préfèrent une belle chose à leurs frères mourant dans d'horribles souffrances ! Leur égoïsme atteint des paroxysmes. Ils sont devenus insensibles à la souffrance, PARDON ! la souffrance de leurs congénères ! C'est écœurant !

Rappelez-vous cette riche héritière qui a acheté un collier en diamant pour son chien ! Combien de village auraient été alimentés en eau, combien de traitements auraient été achetés, combien de mourants auraient été sauvés !

Tout cela autour du cou d'un petit roquet arrogant !

Ce n'est qu'un tout petit exemple parmi tant d'autres, mais je pense que même l'éternité ne suffirait pas pour énumérer tous ces crimes, VOS CRIMES !

Comment des êtres soi-disant intelligents peuvent s'émouvoir d'un rien et être en même temps complètement insensibles face aux malheurs ou aux souffrances d'autres personnes ?

Veux-tu appuyer sur le bouton toi-même, WAMAI ?

Les humains sont assommés par tant de vociférations. Jamais ils n'avaient songé à tout cela. L'esprit humain est bien trop faible, trop centré sur lui-même pour tout assimiler.

Mais eux, les homologues, ils peuvent tout voir, tout entendre, tout comprendre. Rien ne leur échappe, la planète entière est passée « au peigne fin ». Chaque pensée, chaque rêve est décortiqué, analysé et noté. Le comportement des humains est critique à leurs yeux. De plus ils ne sont pas parasités par un excès de sentiments.

Force est de constater qu'ils ont raison.

La bataille semble perdue d'avance, comment retourner la situation ?

Ils se regardent, et sont complétement découragés... C'est bientôt au tour de Naya et M. Yama...

Ils regardent Arfit regagner sa place en planant comme si de rien n'était. Puis il s'immobilise sans laisser échapper le moindre rictus, le moindre regard.

Complètement sonnés, les humains se lèvent, puis, machinalement sortent de la pièce.

Ils sont sûrs désormais qu'ils n'ont aucune chance de gagner. La différence est bien trop grande. Comment trouver des arguments face à des personnes qui ont réponse à tout ?

Pensées

M. Yama rentre vite chez lui, l'air excité et énervé. Suzanne, apathique, retourne aussi dans sa maison, sans se retourner.

L'épisode avec Bernard l'a vidée de sa combativité. Elle aura subi la mort de l'amour de sa vie deux fois. Une véritable douche écossaise. Aucun esprit ne pourrait supporter une telle charge mentale. Elle a besoin de temps.

Naya s'éclipse discrètement vers la petite rivière. Elle regarde ce paysage avec bonheur, cela lui redonne le sourire. Elle voit par terre quelques pierres plates et essaye de faire des ricochés sur l'eau. Se surprenant à se mouvoir si facilement, elle en en profite. Elle essaye d'humer l'odeur des fleurs plusieurs fois, et à chaque essai, elle rage, ayant oublié qu'elle ne peut rien sentir puisqu'elle ne peut pas inspirer.

Elle a retrouvé la vue mais perdu l'odorat. Un sens qui chez les aveugles est d'une extrême importance, tout comme le toucher.

La vue est un sens très puissant. Le problème est que l'on se repose bien trop sur lui, négligeant les autres.

Par manque de sollicitation, ils deviennent de moins en moins présents. On perd quelque part un peu de sa perception et on s'enferme dans un unique cocon d'images.

Assise en tailleur face à l'eau, Naya part dans des songes personnels. Elle ferme les yeux et écoute.

La suite se rapproche, elle en a peur. Les homologues vont toucher les points sensibles et ça fera très mal. Quel bonheur de ne plus avoir de douleurs ! Depuis plus d'une dizaine d'années, elle n'avait pas ressenti autant de plénitude, de bien-être.

Ressentant une présence, elle sursaute en ouvrant les yeux.

- Je suis désolé, dit Wamai, je ne voulais pas te faire peur !

- Ce n'est rien, j'étais perdue dans mes pensées, j'essayais de méditer mais ne plus avoir de contrôle sur ma respiration me perturbe. Et puis je ne risque rien ici, c'est déjà ça.

- C'est vrai, je t'ai vu partir l'air triste, tu as peur pour la suite, ce sera toi ou M. Yama...

Il s'assied en face d'elle et la regarde.

- Oui, je sais ce qu'ils vont faire, cela me terrifie.

- C'est si terrible que ça ?

- OUI ! Mon handicap n'est pas le seul problème de ma courte vie

- Courte ?

- Il doivent savoir que je suis en colère après les hommes, que je suis plutôt de leur côté.

De toute manière, remise à zéro ou pas, ma vie n'est qu'une souffrance et heureusement pour moi, elle ne sera pas longue, même si on en réchappe.

- Je ne comprends pas, veux-tu m'en parler ?

- Comme tu le sais déjà, je suis aveugle de naissance.

Sais-tu que Suzanne a été le premier visage humain que j'ai vu ?

- Oui c'est vrai, tu es arrivée après elle.

- c'est cela, et toi tu es le premier visage d'homme que j'ai vu

- Mince, un beau et jeune garçon aurait été mieux pour toi !

- Ne dis pas ça, tu es un bel homme. Tu pourrais être mon père, je ne connais pas son visage, je l'ai simplement imaginé au travers de mes doigts.

- Suzanne est très blanche de peau, toi tu es très noir et moi je me situe entre vous.

En revanche, pourquoi dit-on des asiatiques qu'ils sont jaunes ? Je ne vois pas. En tout cas, M. Yama ne l'est pas du tout.

Ceci dit, les couleurs sont un nouveau concept pour moi. J'ai cherché ici les variantes pour mieux les comprendre.

J'avais bien imaginé le noir, le blanc et aussi le rouge. Mais pour les autres, c'est plus compliqué.

La différence entre le vert et le bleu est difficile à mettre en place dans son esprit sans les voir réellement.

Le jaune est plus subtil, il peut s'entre-apercevoir sans plus. Quant aux autres variantes, j'espère avoir le temps de les étudier de plus près.

- Tu éludes ma question n'est-ce pas ?

- OUI, c'est vrai.

- Tu n'es pas obligée de m'en parler. Je suis rassuré en voyant que tu vas bien.

- Et toi, il t'a vraiment malmené cet idiot ! Tu le prends plutôt bien.

- J'ai l'habitude d'être en conflit, il n'est pas pire que certains crétins que j'ai croisés.

- A mon tour d'être désolée pour ta mère et ton père bien évidemment, mais aussi pour tout ce que tu as vécu. Je ne me doutais pas que les conditions de vie étaient si terribles en Afrique. C'est horrible ! Comment fais-tu pour ne pas avoir envie de tout casser ?

- J'ai appris que ce n'est pas la bonne méthode. J'ai envie d'un monde meilleur, pas d'une apocalypse. Mais là encore tu détournes mon attention.

- Après tout, tu sauras tout bientôt je pense. Lorsque mon corps a été détruit, j'ai eu beaucoup de mal à m'en remettre. Et la douleur est permanente. Cela fait environ dix ans que je suis obligée de prendre de puissants antalgiques. J'essaye de ne pas le faire mais je te jure que je n'ai pas le choix !

- Tu nous a parlé de ton handicap physique mais je ne pensais pas qu'il était aussi douloureux, je suis navré.

- Tu n'y es pour rien, malheureusement mon foie et mes reins se détruisent petit à petit à cause de ces traitements. Savais-tu qu'un foie humain peut fonctionner même réduit de quatre-vingt pour cent ? Mais au-delà, c'est la mort assurée. Si je dépasse les trente ans, j'aurais de la chance.

A chaque fois j'essaye de ne pas en prendre.

Mais la douleur est si forte que je n'ai pas le choix. Enfin, si : souffrir le martyre ou mourir à petit feu...

- Je comprends, il n'y a pas d'autres médicaments moins agressifs ?

- Malheureusement non. Tu vois, il m'a bien choisie. Je ne suis pas contre vous, mais je ne suis pas aussi déterminée à défendre l'humanité. Les hommes sont responsables de mes douleurs, de la souffrance de mon pays et de ce monde.

- Tu as sûrement plein de personnes dans ton entourage que tu adores et qui sont bons ?

- Oui évidemment, ma meilleure amie, mes parents aussi et quelques autres. Mais je ne connais pas beaucoup de gens.

Lorsque j'ai appris le braille, il y avait plusieurs élèves avec qui je m'entendais bien. Nous étions très jeunes, que sont-ils devenus aujourd'hui ?

- Tout n'est pas si simple. Si tu pouvais connaître plus de monde, tu te rendrais compte que beaucoup ne sont pas des monstres, bien au contraire.

- Qui sait, peut-être que l'on évitera l'apocalypse, nous quatre contre eux. Et qu'un jour la raison redeviendra notre voie.

- Je ne sais pas si on y arrivera. Leur force, leur puissance est titanesque. Je n'aurais jamais imaginé que de tels êtres puissent exister. Ça remet beaucoup de chose en question. Toutes les théories de la physique sont fausses ou en tout cas doivent être révisées. Tout le concept de la vie, de la mort... C'est incroyable !

- Houlà ! Attention, le génie se réveille dit-elle en souriant. J'aurais aimé aller à l'école, apprendre à lire, à écrire et à dessiner. Le braille dépanne mais ce n'est pas génial pour peindre

- Tu sais quoi, je vais aller me torturer l'esprit chez moi et te laisser reposer le tien.

- Merci pour cette discussion, tu es quelqu'un de bien, tes enfants doivent être fiers de leur père.

- Merci, toi aussi. Sois forte, au fond de toi tu l'es, c'est sûr.

Ils prirent congé l'un de l'autre et rentrèrent dans leur maison respective.

Wamai réfléchit, tout ce qu'il a appris est remis en question. Les limites de l'univers, le big bang et les étoiles… Les homologues parlent au pluriel des univers, c'est fantastique. Combien peut-il y en avoir ?

Ils peuvent tout faire d'un simple geste. Modeler un corps, séparer l'esprit de la chair et faire revenir une âme.

Combien de physiciens aimeraient être ici à sa place ! Tous les paradoxes pourraient être résolus, toutes ces énigmes qui résistent encore au cerveau de la planète. Avoir un homologue comme professeur… un rêve !

Mais pas Ortag ! Ni Arfit d'ailleurs !

Paradoxes

Tout ici n'est que paradoxe, le premier étant que l'humain est intelligent mais pour des êtres soi-disant civilisés, ils ont, par leurs actes idiots, eux même scellé leur destin.

Les paradoxes ! Il en existe d'innombrables, par exemple savez-vous comment fonctionne la vision ?

La lumière du soleil possède toutes les couleurs primaires, celles que l'on voit lors des arcs en ciel, celles-ci étant séparées par les minuscules gouttes d'eau présentes dans l'atmosphère qui jouent le rôle d'un prisme.

Un objet absorbe tous les couleurs sauf une, ou plusieurs : celle dont il est.

Un vase bleu absorbe tous les couleurs sauf le bleu, et notre œil voit ce bleu qui lui parvient, l'objet est donc bleu.

L'objet noir absorbe tous les couleurs.

L'objet blanc les reflète toutes.

Mais serait-il possible que cela ne soit pas tout à fait vrai ?

En effet, si l'objet rejette le bleu, c'est donc qu'il est de toutes les couleurs sauf bleu, par extension, l'objet blanc est noir et le blanc est donc noir.

En plus, si on réfléchit bien, le concept des couleurs ne tient que grâce à la lumière du soleil, et à la conception de nos yeux.

Que se passerait-il si on supprimait totalement cette lumière ou si nos yeux fonctionnaient différemment ?

Quelle serait la véritable couleur des objets ?

Et si, simplement, les couleurs n'existaient pas ? Ne serait-ce que parce que notre cerveau les interprète, voire les invente, qu'elles sont présentes ?

Elles ne seraient donc que le fruit de notre perception ?

On pourrait observer le monde comme sur un négatif, à l'inverse de ses véritables aspects. Ou alors avec des couleurs complètement différentes que l'on ne connaît même pas.

Comment Naya imaginait-elle les couleurs avant de les voir ?

Comment les homologues voient-ils le monde puisqu'ils n'ont pas d'œil ?

Le verraient-ils dans sa véritable nature ?

Les sens des humains les tromperaient-ils depuis toujours ?

Est-il possible que ceux-ci ne vivraient que dans une sorte de réalité virtuelle que le cerveau s'amuserait à modeler à sa guise, en fonction des stimulis qui leurs parviennent ?

Comment deux entités complètement différentes, ne voyant pas les mêmes choses, peuvent-elles débattre de la beauté d'un paysage, d'un tableau, et bien évidement, de l'avenir d'un monde et de tous ses habitants ?

Les homologues ont pris une forme humaine pour faciliter le dialogue, mais quel est leur véritable aspect, leurs véritables perceptions de l'univers et de tout ce qui les entoure ?

Surtout comment les interprètent-ils ?

Série B

Naya a l'air affolée ; si elle le pouvait elle fuirait très certainement.

Les homologues attendent et ne bougent pas, ils restent là sans rien dire, ont-ils une idée en tête ?

Durant un long moment, il ne se passe rien, puis Plania, se déplaçant soudainement avec grâce, se fige devant Naya et la fixe.

Elle comprend que le moment est venu, elle doit affronter un adversaire d'une force démesurée. La peur d'être blessée physiquement est absente tout comme celle de mourir, mais être attaquée psychologiquement, n'est-ce pas plus terrible encore ?...

Elle était très fragile sur terre, ici cela n'a pas changé... Certes, ses infirmités ont disparu, mais pas ses blessures intérieures.

De plus elle sait qu'il va les utiliser contre elle, cela va faire un mal de chien.

Elle se lève, baisse les yeux et attend.

Comme le condamné attend sa sentence, elle serre les poings et se prépare au pire.

- Naya ! Sur terre tu es une infirme, es-tu aidée ? Comment se passe ton existence dans ton pays si respectueux de la vie, enfin, plutôt de celle des animaux.

- Je vais bien ! Evidemment ce n'est pas facile d'être aveugle mais on s'y fait ! Et j'ai une merveilleuse amie qui m'aide et s'occupe de moi, elle est un rayon de soleil dans mon obscurité !

- HA ! Et tes parents ne le font pas ? Ils te délaissent toi, leur progéniture ?

- BIEN SUR QUE SI Mais la vie est dure, ils ont beaucoup de responsabilités, on est aisés mais pas aussi riches que M. Yama.

Ma mère est affectueuse et attentionnée. Et puis, maintenant, je me débrouille très bien seule.

- Et si tu nous parlais de ton père ?

- Ma mère fait ce qu'elle peut, notre pays a des coutumes assez strictes, et en effet, les femmes n'ont pas le meilleur rôle.

Mon père travaille trop, bien trop ! Rien de plus à ajouter.

- C'est pour cela que tu vis en cage dans un seize mètres carrés, comme une prisonnière !

- Je ne suis pas en cage, la porte est ouverte je peux sortir si je le veux ! Mais je me déplace avec difficulté, tu le sais très bien ! Donc je préfère rester chez moi, je n'ai pas choisi de naitre aveugle !

- Tu as du mal à avouer que tu fais honte à ton père et qu'il a envie de vomir quand il te voit ! Ceci dit, il ne te regarde même pas quand tu es en sa présence.

- C'EST FAUX ! Je sais qu'il aurait préféré avoir un garçon, il a eu à la place une fille handicapée. C'est difficile pour lui, alors peut-être qu'il ne m'aime pas vraiment, mais à part crier, il ne m'a jamais frappée !

Enfin, pas souvent, mais je l'avais mérité, je le provoquais.

J'acceptais mal mon handicap, surtout à l'adolescence.

- C'est ça, persuade-toi, après tout, il t'aime peut-être...Mais celui qui t'as le plus battu, ce n'est pas ton père !

Qui est donc celui qui a le plus blessé ta vie ?

A ces mots, Naya semble effrayée, elle ouvre de grands yeux noirs et sa bouche reste entrouverte.

Ses trois camarades la regardent : elle est figée, son corps ne fonctionne pas. Elle se retourne vers eux, semble vouloir parler mais aucun son ne sort. Puis, elle ferme les yeux, et regarde à nouveaux son accusateur.

- Je refuse ! Je refuse ! Je refuse ! Je refuse !

- Veux-tu que je te le passe en film comme dans un de vos cinémas ? Tu auras le rôle principal.

- ARRETE ! STOP !

- alors, raconte...

Naya ne sait pas par où commencer, on arrive à sentir sa nervosité ; même si sa voix n'est pas vraiment naturelle, on arrive à percevoir toute l'émotion qui veut sortir.

- Plania ! Tu parles d'un film, en effet, un film d'horreur, tu dois être amateur de séries B, je suppose que tu as vu tous les films qui ont été créés !

- Absolument pas, c'est ridicule, pathétique et stupide ! Je me demande bien ce que les humains trouvent dans ce rituel basique.

- Tu préfères torturer en réel c'est ça ?

- Ce n'est pas moi qui t'ai blessé ! Tu te trompes de personne, Naya !

- En effet, j'avais quinze ans, un âge où l'on est insouciant. Après une nouvelle dispute avec mon père, j'ai claqué la porte et suis partie de la maison ! Je maniais très bien ma canne blanche, j'ai l'ouïe et l'odorat extrêmement développés.

Tous mes sens sont aiguisés et remplacent presque parfaitement la vue.

Je pouvais aller où je voulais, jamais je ne me perdais.

Il m'arrivait donc souvent de parcourir les rues autour de la maison. Je pouvais sentir l'odeur des épices, évidemment j'adore l'odeur du curry, quel cliché pour une indienne.

J'entendais le rire des enfants, les discussions des familles de très loin. Je ne m'éloignais jamais beaucoup de notre habitation, dans un quartier aisé où règne le calme et la sécurité.

Malheureusement, ce jour-là, un terrible vent s'est levé soudainement et a balayé d'un seul coup tous mes points de repère.

Les odeurs, les sons, tout avait disparu !

De plus, durant cette violente bourrasque, je me suis complètement désorientée. J'étais devenue réellement aveugle ! Je marchais vite, je cherchais au hasard, j'avais très peur.

Perdue et effrayée, j'ai essayé de demander mon chemin, mais les gens ne me répondaient pas.

L'indifférence envers une gamine non voyante est terrible.

Epuisée, je me suis arrêtée dans ce que je pensais être une petite ruelle. Le vent était tombé depuis un moment et là, je me suis rendue compte qu'il faisait froid et qu'il n'y avait aucun bruit aux alentours.

J'en ai déduit rapidement qu'il faisait nuit et que je me trouvais seule dans un endroit isolé et inconnu. Je cherchais une odeur, un bruit, quelque chose de familier, un repère, il n'y avait que le néant...

A ce moment-là une voix s'est adressée à moi, me faisant sursauter.

- Que fais-tu là fillette ?

Je répondis :

- PARDON Monsieur je me suis perdue à cause du vent tout à l'heure.

A mon avis, cet homme avait environ une vingtaine d'année. Il s'est rapproché de moi et m'a saisi brusquement le bras gauche ; j'en ai lâché ma canne, je suis gauchère, en plus du reste.

- Si je te ramène chez toi, j'aurais une prime ?

- Oui évidement, lui dis-je, mon père vous récompensera.

- Super, mais j'aimerais un acompte !

- mais je n'ai pas d'argent sur moi ?

- Ce n'est pas d'argent qu'il s'agit.

Lorsque sa main a touché mon entrejambe, je lui ai mis une gifle et je me suis reculée en disant :

- J'ai quinze ans, salaud ! Lâche-moi ! Ne me touche pas, pervers !

A ce moment-là, j'ai reçu un violent coup sur le visage et suis tombée par terre à moitié assommée.

- Espèce de salope ! Tu m'as fait mal !

J'ai reçu à nouveau un coup dans le ventre, sûrement un coup de pied. Je me suis pliée en deux tellement la douleur était forte.

Je pleurais et le suppliais d'arrêter. Mais il frappait, encore et encore. Je ne savais pas où cela allait tomber. Je ne pouvais que ressentir la souffrance au dernier moment.

Puis lorsqu' il s'est enfin arrêté, j'ai cru que c'était fini.

Mais j'ai entendu un bruit métallique. Il venait de ramasser un bout de métal qui trainait par terre. J'étais tétanisée.

Je lui ai crié que je ferais ce qu'il voudrait, lui ai demandé pitié et pardon !

Il s'est mis à me frapper avec le tube ! Il frappait de toutes ses forces, j'essayais de me protéger la tête avec mon bras, chaque coup le cassait un peu plus, chaque coup le déformait, mon bras était en miettes.

Il frappa aussi ma hanche et ma jambe, les os se brisaient à chaque fois. Je pensais mourir, je voulais mourir lorsqu'un autre homme arriva.

- ARRETE ! TU ES DINGUE ! tu vas la tuer !

- Tu ne sais pas qui c'est. Ses parents ont de l'argent et sont très puissant, ils vont te mettre en prison à vie, barre toi connard ! VITE !!

Juste avant de partir, il me décochât un dernier coup d'une violence inouïe en pleine tête, et je perdis connaissance.

A mon réveil vingt-deux jours plus tard à l'hôpital, on m'a annoncé que la grande partie de mon bras et de ma jambe gauche étaient foutus ! Miraculeusement, le violent coup porté à la tête n'avait occasionné aucune blessure sérieuse ni séquelle et même, je ne garderai pas de cicatrice !

Les médecins m'avaient maintenue en coma artificiel car la douleur aurait été trop forte à supporter.

J'étais vivante, déformée, presque défigurée mais toujours vierge c'est déjà ça !

Je suppose que tu es content Plania : tu m'as fait souffrir ! Mais toi, à l'inverse de lui, au moins tu as eu ce que tu désirais !

- Voici donc, répondit-il, ce que font les êtres humains aux plus faibles ! Ils les battent à mort sans sourciller. Pourquoi ? Un désir organique primaire...

Même les bêtes les plus féroces ne tuent pas une femelle qui refuse l'accouplement ! Ce serait l'extinction rapide de leur espèce. Encore une preuve de la bêtise humaine.

Il t'a tuée alors que tu n'étais qu'une gamine ! Au mieux il t'aurait violée, battue et quand même assassinée après. C'est insoutenable comme manière de faire !

Si, comme tu t'en doutes, je n'étais pas intervenue, tu serais morte.

C'est moi qui ai empêché ce coup à la tête de te tuer et j'ai effacé les graves blessures de ton cerveau qui était en miette. Je t'ai même fait le cadeau de te laisser ton superbe visage.

Pour le reste, je ne suis pas intervenue, cela aurait paru étrange si tu n'étais pas blessée après tout ce que tu avais subi.

Ils auraient mis ça sur le compte d'une quelconque déesse ou divinité et ta vie aurait été un enfer, bien plus que maintenant.

Naya le regarde avec méfiance, mais comprend maintenant qu'il n'y a pas eu de miracle, elle aurait dû mourir ce jour-là.

- Un homme ne représente pas la majorité, mais tous ceux qui m'ont abandonnée ce jour-là sont aussi coupables que lui !

Et en effet, un père qui n'aime pas sa fille, des gens qui méprisent les castes inférieures et leur font faire les pires besognes sans la moindre compassion méritent de disparaître !

Elle se retourne vers les autres et leur dit :

- Je suis désolée, je ne sais pas ce que pense M. Yama, mais je suis pour la remise à zéro, la terre est un enfer à cause des hommes. On ne peut pas continuer sur cette voie !

- NON, répond Suzanne, tu te trompes. J'en suis sûre ! Pense à ta meilleure amie, elle ne mérite pas ça, ta mère non plus. Merde ! La grande majorité des hommes ne violerait pas une gamine de quinze ans !

- Ah oui, tu penses ça ? A chaque viol les hommes sont acquittés, c'est de la faute de la fille.

Elles étaient trop sexy, habillées comme des « putes » ! Enlève les lois et combien d'hommes passeraient à l'acte ?

Promulgues-en une qui autorise les hommes à violer, combien le feraient-ils à la moindre occasion ?

Tous les jours, à chaque minute, chaque seconde un homme violera sa voisine, sa cousine, celle croisée dans la rue sans aucun état d'âme ! La terre serait un enfer sans la peur de la justice et malgré toutes ces règles, elle l'est déjà ! Si l'humanité était bonne, il n'y aurait pas besoin de lois punitives ni de châtiments pour bien vivre ensemble !

Suzanne écoute et sent toute la détresse et la résignation dans la voix de Naya.

Soudainement Sirmak sort de son mutisme, il se déplace et se met à côté de Plania en s'adressant à lui.

- Tu n'as pas tout dit !

- C'est vrai... Je te laisse la place pour terminer, répond-il.

Immédiatement, Plania regagne sa place et se fige à nouveau.

Se déplaçant vers Suzanne, Sirmak dit :

- Je vais t'aider. Naya, tu dois connaître toute la vérité, tu le mérite et il le faut.

Puis il leva sa main et un homme apparut.

- Que se passe-t-il ? Où suis-je ? Mais je suis bloqué, je ne peux pas bouger mes jambes...BORDEL OU SUIS-JE ?

L'homme se tient debout, ses pieds comme collés au sol, il ne peut donc pas marcher et, a priori, est indien aussi.

Un violent cri résonne, Naya court vers lui en hurlant.

Puis, le frappant de toute ses forces, dit :

- ENFOIRE ! je reconnaîtrais ta voix entre un million. Salaud, bâtard, je vais te tuer, pourriture !

Au début, en la voyant, l'homme a un regard surpris, se protégeant des violents coups. Voyant qu'il ne ressent rien, il baisse les bras et les yeux en se laissant frapper, répétant sans cesse :

- Pardon Naya ! pardon ! pardon ! pardon ! pardon…

Il était son bourreau. Celui qui, il y a dix ans avait brisé son corps et sa vie. Jamais elle n'avait oublié sa voix, cette voix qui souvent revenait en cauchemar. Elle la hantait depuis une décennie, une éternité ! A chaque crise de douleur, elle imaginait le sourire pervers de cette abomination !

Elle peut enfin voir son visage, le visage du monstre. Même s'Il ressemble à un humain, il n'en est pas un. Si elle le pouvait, elle lui arracherait les yeux.

Lorsque Naya cesse sa pluie de coup, elle essaye de lui cracher au visage, mais sans y parvenir.

- POURQUOI as-tu détruit ma vie ? CONNARD ! Je n'étais qu'une enfant aveugle, perdue et effrayée !

Quel démon es-tu pour avoir fait cela ?

- tu as vieilli mais je sais qui tu es, je te reconnais, je t'en prie pardonne moi de t'avoir tant blessé.

- Comment te pardonner ? Tu as voulu violer et tuer une gamine de quinze ans ! Tu ne mérites pas de vivre !

- mais je ne vis pas, je suis mort depuis bien longtemps et je l'ai amplement mérité.

- Bien fait pour ta sale gueule, dans d'horribles souffrances, j'espère...

Sirmak lui demanda :

- Dis-nous comment tu es mort ! Puis tu retourneras là d'où tu viens !

L'homme regarde Naya avec tendresse et honte. Puis, regardant vers le sol, il commence à narrer.

- Je n'étais qu'un déchet humain ! Né dans la caste des intouchables, toute la journée, sans relâche, je devais ramasser la merde des autres. Les plus sales besognes nous sont réservées.

Nous ne sommes que des esclaves condamnés dès la naissance à vivre dans les « chiottes » les plus sales !

Puis j'en ai eu marre ; je me suis enfui et je vivais dans la rue : mendicité, prostitution, je ne voulais que survivre.

La drogue, la violence et l'alcool ont croisé mon chemin.

J'étais en colère, furieux et suis devenu fou.

Lorsque j'ai croisé cette fille, j'étais en manque et complètement délirant.

Elle était si belle, bien habillée, sûrement d'une famille riche. La rage m'a envahi, à ce moment, je n'étais plus qu'une immonde bête sauvage.

Cela n'est pas une excuse et je mérite mon châtiment.

Après avoir perdu le contrôle et commis l'irréparable, je pensais l'avoir tuée.

Je me suis enfui loin, très loin pour échapper à la police. Plusieurs années ont passé.

J'avais trouvé un petit boulot de serveur dans un minuscule restaurant. Condamné à vivre seul, j'étais plutôt heureux même si la culpabilité me rongeait comme un cancer.

Un soir mon patron m'a appelé, il voulait vendre son restaurant et il désirait me présenter l'acquéreur.

En arrivant sur place, la salle était vide, j'ai entendu un bruit derrière moi. Deux personnes avaient fermé la porte à clef, puis ils m'ont saisi et m'ont forcé à m'asseoir sur une chaise.

Je leur ai demandé ce qu'il se passait, ils n'ont rien dit, rien, pas un mot. Puis, rapidement, un autre homme, plus âgé, est sorti de l'ombre ! Il s'est approché de moi, il me fixait, son regard était froid et ses yeux étaient remplis de haine.

J'ai très vite compris que le moment de payer l'addition était venu ! Immédiatement il s'est mis à parler, la rage et le dégoût dans sa voix étaient perceptibles.

- Enfin je t'ai trouvé ! m'a-t-il dit

- Qui êtes-vous ? ai-je demandé, mais je me doutais de la réponse.

- Regarde mon visage, il lui ressemble. J'ai mis un temps fou pour te trouver. TOI ! l Enfoiré qui a failli violer et tuer ma fille chérie ! PERSONNE NE TOUCHE A ELLE !

Au même instant, une horrible douleur m'a fit hurler, il venait de me briser la jambe gauche avec un tube de métal.

Tombé à terre, j'ai entendu :

- Oui, c'est bien le même tube ! Pour quelques roupies, je l'ai acheté à la police. Ressens-tu sa douleur ? ressens-tu sa frayeur ?

Elle est aveugle mais pas toi, rassure-toi je ne te crèverais pas les yeux, même si j'en ai vraiment envie.

MAIS, je veux que tu voies, que tu me regardes quand je t'ôterais la vie et je veux sentir la peur dans ton regard !

Puis il m'a brisé le bras à plusieurs reprises ! il a frappé tout comme je t'avais frappée ! Aussi fort mais avec plus de haine !

En peu de temps, je n'étais plus qu'une carcasse brisée, j'attendais avec impatience le coup de grâce, sûrement comme tu l'as attendu toi aussi...

- Ma fille est la prunelle de mes yeux, personne n'a le droit de lui faire du mal, elle souffre assez comme ça ! Et tu l'as brisée encore plus ! ENFOIRE !

Elle a dû t'implorer, te supplier, mais tu as continué à frapper, encore et encore...

Demande lui pardon ! Allez ! Dis-le, Elle s'appelle NAYA !

- Dans un flot de sang sortant de ma bouche, j'ai murmuré « Pardon NAYA ».

Sache que je le pensais ! Toute ces années n'avaient pas effacé mon crime ! J'y pensais tous les jours et priais en ta mémoire, te croyant morte, assassinée de mes propres mains.

Je n'ai eu que ce que je méritais. La douleur intense me faisait perdre mes sens mais juste avant de fermer les yeux, j'entendis ses derniers mots !

- VA BRULER EN ENFER ! POURRITURE !

Et enfin, un coup libérateur s'est abattu sur moi !

Levant les yeux vers elle, il lui dit :

- Naya, si j'avais pu avoir un père qui m'aime autant, je n'aurais surement pas aussi mal tourné.

Soudainement ses jambes sont libérées, il fait un pas vers elle et se met à genoux, le corps complètement courbé, la tête au niveau de ses pieds, comme si elle était une déesse puis, il se met à parler.

Naya, accroupie, le regarde, sa main posée sur sa tête ; puis, en fermant les yeux, lui répond parfois.

On peut ressentir toute l'émotion de cette scène irréaliste. Un moment d'intimité rare, pourtant vu par de nombreux témoins.

Etrangement, juste à ce moment-là, la « traduction automatique » ne fonctionne plus.

Les trois autres ne comprennent plus rien. Ils n'entendent qu'un dialecte indien incompréhensible à leurs oreilles.

Dans leur langue, ils discutent un long moment. L'homme ne levant les yeux qu'en de rares occasions, sans pouvoir soutenir le regard de la jeune femme.

Il est complètement rongé par la honte et la culpabilité.

Sirmak dit à cet instant :

- Suzanne ! A un moment, avec Bernard, tu voulais un peu d'intimité, sans le savoir, tu l'avais obtenu.

Offrons-leur donc ce cadeau aussi, quelques instants !

Mi-Temps

De retour dans leur maison respective, les quatre humains sont pensifs. Ils se rendent compte qu'à aucun moment, ils n'ont pu retourner la situation.

Wamai est pensif mais ne trouve aucune stratégie de défense.

M. Yama continue à réfléchir à haute voix tout en s'agitant par moment. Il se doute bien qu'il est le prochain sur la liste. Comment vont-ils le traiter, le torturer moralement ?

Naya s'est murée à nouveau dans un profond mutisme. Pour une aveugle, elle a vu bien trop de chose en trop peu de temps, elle est en surdose.

Suzanne pense à ses enfants, ses petits-enfants et tous les êtres humains qui vont disparaitre. Cette situation est incroyablement destructrice sur le plan moral. Leurs esprits sont les mêmes que sur terre, tout aussi fragiles.

Ils se sont bien habitués à leur corps d'emprunts ; il est agréable d'être indestructible, de ne pas ressentir la fatigue ni la douleur.

Ne pas respirer est très perturbant au début, mais savoir que l'on ne peut pas étouffer est rassurant.

Être libéré des fluides a aussi son avantage : ne pas aller aux toilettes est bien, même si ne pas manger ni boire est frustrant.

Leurs organes génitaux ont aussi disparu, mais les désirs sont toujours présents.

Elle aurait tellement voulu faire l'amour une dernière fois avec Bernard, mais en même temps, le revoir était bien suffisant.

Suzanne sort de sa maisonnette pour aller marcher. Le décor est bien fait, les maisons et les alentours font penser à un petit village perdu en campagne. Il lui manque la sensation du vent mais c'est une balade agréable. Elle est à la recherche d'un plan tout en sachant qu'ils lisent dans ses pensées, même les plus intimes.

S'asseyant sur un rocher, elle regarde cette petite rivière. Cette eau qui coure comme le temps, un temps qui lui manque maintenant.

Elle sait que les hommes ne sont pas si mauvais, ils ont pris un mauvais chemin c'est tout. L'appât du gain et du pouvoir a perverti leurs esprits.

Elle a rencontré tellement de belles et bonnes personnes dans sa vie... Permettre leur disparition est inconcevable. Pourquoi payeraient-ils pour une minorité de salopards ?

Un dictateur et le monde bascule, un prêcheur fou et les esprits s'enflamment, une couleur de peau différente et c'est la guerre assurée.

Ortag a raison d'être aussi en colère après les hommes, il est si rigide et si froid, mais serait-il juste ?

Cette colère devrait être dirigéeenvers ceux qui profitent des autres, les manipulent pour assouvir leurs vils dessins. Ils ont bien vu dans leurs pensées que si certains étaient mauvais de nature et profitaient de la situation, beaucoup d'autres n'avaient tout simplement pas le choix, obéir ou mourir.

Malgré tous ses pouvoirs, un être aussi puissant pourrait-il se laisser emporter par sa propre haine ?

Elle regarde le ciel et remarque qu'il n'y a rien, ni soleil, ni lune, ni étoile, même pas un petit nuage. Une voix derrière elle l'a fait sortir de ses songes.

Sirmak est là et l'observe sans bouger.

- Tu es bien mélancolique, Suzanne !

- Evidemment ! Vous allez tout détruire, tout effacer !

- Oui ! Mais peut être que de vos cendres renaîtra un monde bien meilleur.

- Rien ne le prouve ! Pourquoi donc n'êtes-vous pas intervenus quand les hommes ont dérapé, BON SANG ! Un hochement de tête et Ortag arrangeait tout en une seconde !

- Nous n'en avons pas le droit. Intervenir est contraire à nos règles. De plus, votre monde a un statut particulier, il doit être complètement libre et indépendant quoi qu'il s'y passe. Dans votre univers, très peu de monde ont obtenu ce rang. Sais-tu que son classement est parmi les meilleurs !

Mais parfois, cela se passe mal ; seulement dans ce cas nous nous concertons et en cas de désaccord, nous provoquons un procès.

- D'autres monde sont similaires à la terre ?

- Evidemment ! Certains sont même bien plus avancés, à un point qu'ils arrivent à observer l'univers et même vous voir. Il n'y a pas que nous qui vous observons, d'autres civilisations le font. Mais au vu de vos actes, ils préfèrent ne pas se montrer.

De tous ces mondes, c'est pourtant le vôtre qui a notre préférence. Malgré son apparence bourrue, Ortag a longtemps défendu la terre, c'est pour cela qu'il est aussi déçu. Il faisait partie de ceux qui croyait le plus en vous. Il avait même une forme d'affection particulière pour les humains.

Malheureusement, il a changé d'avis, sa déception s'est transformée en colère. Tous vos actes de barbarie l'ont touché, il a même demandé plusieurs fois à intervenir pour arrêter les dérapages.

Nous ne l'avons pas permis, sa rancœur s'est accumulée et il vous tient pour responsable de cet échec, de plus, il est vraiment têtu et il s'est braqué.

- Qui êtes-vous, d'où venez-vous, êtes-vous des dieux ?

- Suzanne ! Les dieux existent dans l'esprit du croyant et sont absents de celui de l'athée.

Un dieu, d'après vos croyances, intervient, dirige, édicte des lois, des règles strictes à suivre sous peine de châtiment.

Nous ne faisons pas cela. Et puis nous ne vous avons pas créé, même si en vous coule un peu de notre énergie.

Nous sommes nombreux, mais nous n'avons pas de corps, comme vous. Nous te l'avons déjà dit, nous ne sommes pas immortels.

Notre existence à votre niveau est gigantesque. A l'échelle humaine, nous vivons environ mille milliards de vos années, à quelques millions d'années près.

Nous n'avons évidemment pas de maladies. Nous ne vieillissons pas. A un moment, notre énergie ne se renouvelle pas et doucement, nous nous effaçons, tout simplement.

Mais cette énergie, elle, ne disparaît pas. Elle attend, parfois des millénaires durant, un nouvel hôte.

Né d'une planète similaire à la terre, c'est un être vivant au début.

Sa forme importe peu, un ver de terre de chez vous pourrait être choisi, mais les formes humanoïdes sont préférées.

Nous ne savons pas comment ni pourquoi ce choix est fait. L'énergie a sa propre volonté, elle peut prendre ses propres décisions et elle, est vraiment immortelle enfin, nous le pensons.

A sa mort, l'âme de cet ancien être vivant se lie avec cette énergie, il y a une sorte de symbiose, de fusion.

Le corps ayant disparu, voilà, un nouvel homologue est né.

Il possède l'énergie et surtout, la mémoire de l'ancien et de tous ceux qui l'on précédé.

La terre était pressentie pour être un vivier. D'ici les cinq milliards d'année, le temps qu'il reste à votre monde, beaucoup d'entre nous vont s'effacer.

Votre planète est notre favorite, les nouveaux prétendants sont extrêmement rares.

Vous, les humains, étiez notre espoir. Notre nombre diminue et malgré nos pouvoirs, nous n'y pouvons rien.

L'énergie est très capricieuse, des milliers de monde sont nés, sont morts et à ce jour aucun des êtres de ces mondes n'a été choisi.

Mais dernièrement, à notre niveau, deux homologues ont été sélectionnés et ils venaient de votre planète !

Malheureusement, cela s'est arrêté net car vous avez dérapé !

- Vos actes montrent que, soit vous allez détruire votre planète, notre vivier, soit vous ne serez jamais assez sages pour nous remplacer.

Le temps presse, nous ne savons pas ce qui se passera si nous disparaissons tous un jour, L'énergie disparaitra-t-elle aussi ou attendra-t-elle malgré tout ?

Est-il possible que toute notre mémoire collective s'efface à la fin du dernier homologue, nous n'en savons rien ?

En nous est ancré une seule et unique peur, que nous disparaissions tous ! C'est une peu comme un SOS, une alerte qui est en notre être.

Nous ne savons pas quelles seraient les conséquences si cela arrivait un jour. Nous devons absolument être une communauté, un peu comme s'il fallait une cohésion entre nous.

- Pourtant tu es contre la remise à zéro ?

- Oui, grâce à toi Suzanne, de ton esprit émane énormément de bonté. Tu es clairement quelqu'un à qui on pourrait tenter de léguer son Energie.

Vois-tu, nous pouvons, juste avant de disparaitre, choisir notre remplaçant, mais seulement le moment venu et si notre énergie l'accepte. Tu t'en doutes, plusieurs tentatives ont eu lieu, toutes ont échoué ! Il faut une sorte de compatibilité. Un être mauvais ne peut pas être accepté.

- Pourquoi les autres ne pensent-ils pas comme toi, il doit bien y avoir des millions de personnes comme moi sur terre ?

- je suis le plus jeune, un des deux anciens terriens, le dernier à avoir été choisi. L'autre n'est pas ici.

Ortag est le plus vieux. Il disparaitra dans deux ou trois milliards d'années. En effet, il y a beaucoup de « Suzanne » sur terre, mais les actes de barbarie masquent cette bonté. De plus, si vous êtes trop atteints, l'énergie vous rejettera et ce, malgré votre bienveillance : la gangrène gagne du terrain.

Nous avons comme vous notre petit caractère, même si nos règles sont très strictes. Les autres sont bien moins indulgents que moi.

- Qui est le juge suprême ? C'est votre supérieur ?

- NON ! Nous n'avons aucun supérieur, nous sommes unis et ne faisons qu'un. Nous fonctionnons presque à l'unanimité. Je ne suis pas pour la remise à zéro mais je l'accepterai.

Je pourrais faire blocus si réellement je le voulais mais chacun de nous accepte la volonté des autres.

Exceptionnellement, si un conflit de décision arrivait, le juge suprême départagerait et aurait le dernier mot. Les procès sont comme cela.

Comme nous n'avons pas pu nous mettre d'accord sur votre sort, quatre homologues ont été mandatés pour représenter tous les autres à part égale.

Le juge suprême reste en retrait, il observe, écoute, je pourrais dire note tout ce qui se passe et si cela devait arriver, il tranchera irrémédiablement et sans aucun recours !

- A part égale tu dis... Vous êtes trois à vouloir la destruction de l'humanité !

- Nous ne sommes que peu à vous défendre, trois contre un est le bon ratio. Tous les homologues doivent accepter une décision, même si ce n'est pas la leur. Si un seul ne l'accepte vraiment pas, il faut une solution. Nous n'imposons jamais rien !

- C'est un combat perdu d'avance ! Que puis-je faire contre trois homologues et leur puissance !

- je suis là pour t'aider, tu n'es pas seule !

- Je peux te demander des choses ?

- Evidemment, mais dans la limite du raisonnable. Et si les autres m'y autorisent !

- HUMMM… Tu sais si toutes les légendes sont vraies alors ?

- Evidemment !

- Finalement je ne veux pas savoir, c'est mieux comme ça. Mais, s'il te plait, puis-je voir mes enfants un petit peu ? Ils me manquent tellement…

- Bien sûr, aucun problème. Au fait, les légendes sont le plus souvent vraies, mais leur récit est toujours faussé tout simplement ! Les hommes ont vraiment beaucoup d'imagination !

Instantanément, Suzanne se trouve dans sa chambre d'hôpital. A part Marc, ils sont tous là. Elle observe son corps allongé sur le lit, quelle étrange sensation de se voir comme cela.

Elle se déplace et personne ne sait qu'elle est là. Elle se tient immobile et les regarde avec amour. Ses enfants sont présents, lui tenant compagnie ; ils ne savent pas qu'elle ne risque rien mais que le danger est bien plus grand.

Mona a l'air désespérée et ses sœurs la soutiennent.

Elle a hâte de revenir sur terre, de les prendre dans ses bras et de jouer avec ses petits-enfants.

- Sirmak, sans vouloir abuser, pourrais-tu m'emmener voir Marc ?

Ils se retrouvent dans un tout petit village tropical, il n'y a rien à part quelque cahutes de bambous. Marc est là, en pleine forme. Il joue à un drôle de jeu avec des indigènes presque nus en riant à pleines dents.

L'un d'eux lui fait un drôle de signe. Avec ses deux mains, il imite un pistolet comme le font les enfants qui jouent aux Cow-boys, puis les réunit, le pistolet gauche dessus le droit bien parallèle, place ses mains pour cacher son visage sauf les yeux et dit « atorio ».

A ce moment-là, Marc éclate de rire et boit un liquide au goût fort !

Suzanne ne comprend pas et sourit, il n'a pas changé.

Il est insouciant comme à son habitude, tant mieux ! Elle ferme les yeux et dit :

- Merci Sirmak !

A nouveau, ils se retrouvent dans leur monde virtuel.

- Cela t'a plu j'espère ? lui demande-t-il.

- Oui vraiment, je me sens mieux maintenant.

- Profite de ce moment, comme tu t'en doutes, le pire reste à venir. Vous pouvez discuter avec nous en dehors de ce procès. Même si les autres sont pour la remise à zéro, ils ne sont pas vos ennemis. Il suffit juste de nous appeler.

- Excepté le juge suprême je suppose. Peux-tu m'en dire plus à ce sujet, est-ce un homologue comme vous ?

- Non, il n'est pas comme nous, mais, si besoin est, sa décision est indiscutable même par nous et appliquée instantanément.

- est ce déjà arrivé ?

- Non ! Jamais il n'a dû trancher une décision entre homologues, nous sommes très unis entre nous, il est très rare que nous soyons d'un avis différent, cela arrive évidemment mais on arrive toujours à se mettre d'accord.

- Il vous parle, vous questionne ?

- A aucun moment nous n'avons de contact avec lui, et cela nous est impossible, même si nous le désirions. Il observe tout, écoute tout. Tout est noté dans le livre, chaque mot, chaque pensée, chaque action.

Si les homologues désignés sont à égalité, notre rôle s'arrêtera immédiatement et il aura tous les pouvoirs.

Sache aussi que comme les homologues, le juge suprême n'est pas forcément le même à chaque fois.

J'espère avoir répondu à tes questions, je reste à ta disposition Suzanne, ta présence est vraiment utile, tenir tête à Ortag n'est pas une chose évidente. Tu as presque réussi à le déstabiliser. Peut-être te racontera-t-il pourquoi nous n'intervenons jamais.

Sirmak s'évapore sans un bruit, laissant Suzanne à ses pensées et ses doutes.

Réflexions

Suzanne pousse la porte de la maisonnette, et cherche Naya. Elle l'aperçoit dans un coin, assise en tailleur, dans une position de méditation. Au moment de ressortir discrètement, elle entend :

- Tu voulais me voir ?

Elle se retourne et répond :

- Oui mais je ne veux pas te déranger.

- Tu ne me déranges pas, tu es la bienvenue, assieds-toi donc avec moi.

- Merci, dit-elle en s'exécutant, heureusement que dans ce corps je n'ai plus d'arthrose ! Je ne me suis plus assise en tailleur depuis mes cinquante ans. Si on survit, je risque de me faire opérer de la hanche et des genoux !

Comment vas-tu, Naya ? Je suis désolée pour ce que tu as enduré. Jamais je n'aurais pu imaginer cela.

- Ne t'inquiète pas, j'ai surmonté tout cela, le plus difficile est que j'ai vécu durant toute ces années en pensant être la honte de ma famille, surtout celle de mon père. J'étais persuadée qu'il me détestait.

- Tu sais, les parents aiment toujours leurs enfants, il est très rare que cela arrive, surtout s'ils sont désirés et attendus.

- Tu es toujours dans la confiance et la gentillesse… C'est ironique pour moi, comment ai-je pu être aussi aveugle ? Aveugle physiquement et, sans le savoir, aussi mentalement ! Cela doit être mon Karma de vivre dans l'obscurité !

- Les homologues ont coupé la traduction lorsque tu parlais avec ton agresseur, je ne veux pas savoir ce que vous vous êtes dit, mais j'espère que cela vous a apaisés tous les deux.

- Difficile pour moi de lui pardonner, mais je me sens mieux maintenant et j'espère qu'au moins il repose en paix désormais.

- J'espère aussi que tout cela se terminera vite et bien. Que tu puisses enfin avoir une vie normale malgré tes handicaps sur terre.

- Merci Suzanne je te souhaite aussi tout le bonheur possible.

Suzanne prend congé de Naya et retourne chez elle. Elle se demande ce que le vieux grognon peut bien avoir comme secret lui aussi…

L'ancien

Ce monde virtuel est très bien imité, cette petite rivière qui coule doucement est très apaisante. Il ne manque que le chant des oiseaux ou le bruit des poissons lorsqu'ils sautent hors de l'eau et y retombent.

Perdu dans ses pensées, il se demande si sa vie aurait pu être différente. Il marche comme cela lui arrivait souvent lorsqu'il reprit tardivement ses études à l'université de technologie de Tokyo. La rivière « Tamagawa » se trouve à une trentaine de minutes à pied, elle était un de ses coins favoris. Il s'y rendait souvent car il avait besoin de calme même si en trouver à Tokyo relève de l'exploit. Ses pensées le ramènent à l'époque où il a rencontré sa femme.

Ce jour-là au marché, il faisait très chaud, les odeurs de nourriture étaient omniprésentes. Aux détours d'un stand, il pouvait entendre un bonimenteur vanter la qualité de ses casseroles. Un criard comme on n'en fait plus. La foule buvait ses paroles et il vit au milieu de tous cette superbe jeune femme. Son corps était mince et élancé, elle était un peu plus grande que lui. Sa longue chevelure d'un noir profond lui descendait le long du dos, épousant des courbes superbes.

Lorsqu'elle acheta sa poêle, un homme derrière elle lui mit une main aux fesses. Yama était prêt à intervenir mais il n'en a pas eu le temps.

Elle se retourna doucement, fixa l'homme avec un regard doux et envoutant, l'homme lui sourit et prit un coup magistral de poêle sur la tête. A ce moment-là, le dragon surgit !

Il était à terre, elle le tapa plusieurs fois avec la poêle en hurlant des mots que la décence interdit de répéter. L'homme se protégeait et restait prostré au sol. Une fois terminé, elle se retourna rapidement, jeta la poêle aux pieds du vendeur et lui dit :

- Change-la ! Elle est abimée, je la pensais bien plus solide !

Evidemment il s'exécuta immédiatement et elle partit en se dirigeant tout droit vers notre témoin médusé.

Elle s'approcha de lui alors qu'il la fixait, impossible de détourner le regard. Puis en passant assez près et le défiant du regard elle lui dit d'un ton ferme :

- QUOI ! As-tu un problème ?
- NON ! NON ! Je vous assure, j'ai vu toute la scène : quel idiot, il n'a eu que ce qu'il méritait. Je voulais vous aider mais vous n'en avez pas eu besoin...
- EVIDEMMENT ! Je sais me défendre ! Me prendrais-tu pour une faible femme ?
- Absolument pas, c'est même le contraire et puis je n'ai pas envie de voir cette belle poêle finir sur mon crâne.
- Ah ah ah ! Tu es marrant en plus, alors ! Qu'attends-tu pour m'inviter à boire un verre, je te fais peur à ce point ?
- Bien au contraire, j'en serait honoré ; connaissez-vous le « *Hiyō* » *dans le* « *Quartier de Golden Gai* » ?
- Oui je connais, vingt heure trente et ne sois pas en retard.

Elle s'éloigna avec grâce, difficile d'imaginer la tigresse qu'elle avait été deux minutes auparavant.

A l'heure dite, il attendait avec impatience. Cette ambiance feutrée concordait bien avec la musique douce. La fumée des cigarettes le gênait un peu mais il avait d'autres préoccupations. Un sentiment nouveau était apparu, était-il tombé amoureux ? C'est cela que l'on surnomme le « coup de foudre », sûrement ! Mais elle ?

Qu'a-t-elle ressenti ? Est-ce réciproque ?

Et si elle avait déjà un mari ? Et si elle avait déjà des enfants, une famille et si...

CA SUFFIT ! Son regard ne pouvait plus se détacher d'elle, sa robe longue ornée de dessins de fleurs de cerisier la mettait en valeur. Quelle beauté ! Quelle grâce ! Il était comme hypnotisé. Il balbutia en se levant et après les présentations, l'invita à s'assoir.

- Je vous en prie.
- Et il est bien élevé en plus. Merci.
- Je vais prendre du vin et vous ?
- Oui moi aussi, merci, alors dis-moi tout, pourquoi tes parents t'ont affublé d'un prénom aussi dur à porter, que fais-tu dans la vie, es-tu marié, as-tu des enfants ?
- NON ! Bien sûr que NON, je ne suis pas marié, je n'ai pas d'enfant et...

A ce moment, elle rit, elle rit d'un rire puissant mais raffiné, de ces rires qui nous donne envie de vivre, puis lui répliqua :

- Tu verrais ta tête ! Je me doute bien que tu es célibataire et je te rassure moi aussi ! Arrête donc tous ces codes de respect et autres fioritures.

Au fait, tu as un visage d'enfant, tu devrais te laisser pousser une moustache, pas trop grosse, cela t'irait bien. Tu as les traits fins et cela les casserait un peu en te donnant l'air plus mûr et surtout bien plus sérieux.

- Je vais y réfléchir. Il est vrai que l'on me prend pour un gamin dans cette petite société où je travaille. Je déteste quand ils s'adressent à moi avec mépris. YAMA, viens ici ! Yama, fais ça.

Ils verront, un jour, je serai leur supérieur. J'ai déjà acheté des parts de la société mais il me manque des fonds pour en avoir plus et être majoritaire ! Assez parlé de moi. Et toi ?

- Quelle bande d'imbéciles ! dit-elle en tapant du poing sur la table ; ils devraient t'appeler MONSIEUR YAMA ! Tu as raison, travaille dur et rachète-les ! Tu les remettras vite à leur place ces idiots !

De mon côté, Je vis de mes rentes, mon père a fait quelques placements juteux, j'en ai hérité à sa mort. Il voulait un garçon évidemment, comme tout le monde dans ce pays ! Il m'a élevé durement, j'ai pratiqué trois arts martiaux, le premier qui me cherche me trouve !

- J'ai vu ça au marché...
- Oui, l'autre imbécile ! Il ne recommencera pas de sitôt. Ça lui apprendra à ne pas respecter les femmes.

Il buvait ses paroles, il était tellement bien avec elle. Elle dégageait une énergie, un rayonnement rempli de chaleur et de douceur.

Il devait absolument la revoir, ne pas la laisser filer. Il s'enhardit et lança à la volée :

- Kuniko, accepterais-tu de diner avec moi un de ces soirs ?
- Avec grand plaisir, Monsieur Yama !

Il se revirent souvent, très souvent. Ils avaient l'impression d'être des âme sœurs en parfaite harmonie. Ils se marièrent assez rapidement et devinrent un couple puissant et respecté.

La société que Kuniko l'avait aidé à acquérir prospéra, se transforma en l'une des plus reconnue du japon et surtout acquit une renommée mondiale. A eux deux, ils la dirigeaient d'une main de fer. Parfois, il se demandait même si elle n'était pas encore plus autoritaire que lui.

Jamais elle n'avait failli, jamais elle n'avait baissé les bras. Jamais il ne l'avait vu craquer ou pleurer.

Peut-être une fois, une larme avait commencé à couler sur sa joue, il s'était approché d'elle mais elle l'avait repoussé aussi gentiment que fermement tout en détournant le regard. Lui aussi était triste, mais il savait qu'il fallait la laisser seule. Perdre un enfant, d'un suicide en plus, est insupportable même pour une femme aussi forte.

Heureusement, ils avaient eu d'autres enfants, des joies, des peines et bien d'autres histoires.

Ils ont vécu une belle et longue vie ensemble ; au moins, elle n'aura pas subi la disparition de sa fille, ce qui est plutôt une bonne chose. Il n'aurait jamais cru lui survivre et pourtant, lorsqu'il l'avait trouvé assoupie sur le fauteuil, il avait compris et lui avait souri.

Il avait su immédiatement qu'elle ne dormait pas. Il le ressentait au plus profond de lui. Les deux cœurs ne battaient plus ensemble. Un sentiment de vide l'avait envahi à ce moment précis. C'était comme tomber dans un trou sans fond. On venait de lui arracher une partie de son être, une partie de son âme.

Il avait appelé les secours puis calmement s'était placé à ses côtés en lui disant à quel point il l'aimait et comment sa vie avait été merveilleuse avec elle.

Même dans la mort elle était encore si belle et si forte. Ses longs cheveux gris brillaient comme de la soie et son visage était, quoi que ridé, paisible et doux.

C'est à ce moment-là qu'il devint encore plus amer. Il vieillissait et perdait des êtres chers. Il ne s'habituait pas à cette douleur.

Être ici et voir que les homologues peuvent faire revenir une âme est rassurant, mais est-ce vraiment pour cela qu'il y a une suite après la mort ?

Ceux qui sont revenus n'ont semble-t-il aucun souvenir. Il en avait discuté avec Bernard qui n'avait absolument aucune réminiscence de ce qui aurait pu se passer entre sa mort et son retour.

Peut-être que les Homologues ne veulent pas qu'il puisse nous raconter ce qu'il y a après ? Ils lui auraient bloqué la mémoire ?... Ou alors, il n'y a rien absolument rien ! Le néant... Mais s'il n'y a rien, comment font-ils pour les ramener ?

- Et merde ! grogne-t-il, même pas un caillou pour le jeter à l'eau... En plus, ce n'est même pas de l'eau...

Une voie puissante et autoritaire le fait sortir de ses pensées :

- Tu sais que tu seras le prochain à passer, tu te prépares en te remémorant tes bons et tes mauvais souvenirs ?
- Que fais-tu là Ortag ! Tu m'espionnes ?
- NON, je n'ai pas besoin d'être présent pour savoir. Mais tes pensées m'ont attiré vers toi. Je te sens perturbé, indécis et même triste.
- Evidemment, comment ne pas l'être ? Toutes mes convictions ont volé en éclat et je sens que cela ne fait que commencer.
- Tu as raison, le pire est à venir mais tu es quelqu'un de fort et déterminé. C'est pour cela que je t'ai choisi.

- Je peux te poser une question ?
- Evidemment.
- J'ai perdu deux enfants, l'un s'est suicidé et l'autre a disparu. Je n'ai jamais vraiment su. Je n'ai que des doutes. Pourrais-tu me dire ce qui lui es vraiment arrivé ? Evidemment, je suis sûr qu'elle est morte, mais comment ? A-t-elle souffert ?
- OUI, je veux bien répondre à ta demande.

L'air grave, Ortag devient narrateur.

- Lorsque la vague a touché Fukushima et la centrale nucléaire, ta fille était à l'extérieur. Elle fuyait évidemment. En cherchant à sortir de la centrale, elle était tombée sur son ami Nao pris au piège dans un renfoncement. Comme sa mère, elle était déterminée, elle parvint à le sortir de là avec force et courage ; de plus, elle l'aida à avancer malgré sa cheville abimée.

Elle était irréductible, rien n'aurait pu l'arrêter. Malheureusement, en arrivant près de la sortie, elle s'arrêta net, comme figée. Nao comprit et la remercia de son aide.

Les flammes les entouraient mais surtout une très forte odeur de gaz était présente. Elle comprit qu'il était inutile de continuer. Au milieu des deux énormes cuves de stockage du dangereux liquide, ils se prirent dans les bras et fermèrent les yeux, ils n'eurent pas longtemps à attendre.

L'explosion fût d'une puissance phénoménale. L'onde de choc et la température réduisit les deux corps en poussière instantanément. Je suis désolé Yama. Ils n'ont absolument rien senti, si cela peut apaiser ta peine.

- Rassure-toi, j'ai fait mon deuil depuis bien longtemps. Elle était le portrait de sa mère, aussi belle et aussi forte. Je te remercie pour ça. Savoir est un soulagement.

- Je t'en prie, je te laisse à tes réflexions, prends des forces, le prochain round sera assez dur pour toi...

Sur ces paroles, Ortag se volatilise instantanément, sans bruit...

Le tour de M. Yama arrive. Tous réunis à nouveau, ils attendent. M. Yama reste debout, fier et froid. Il regarde les homologues fixement et montre qu'il n'a pas peur.

- ALORS ! s'exclame-t-il, qui va me passer à la moulinette ?

Sirmak se déplace et se place à côté de lui.

- Mais je croyais que c'était Ortag qui devait me sadiser ?

- NON, il a pris mon tour au début, donc tu auras affaire à moi. L'ordre dans lequel vous deviez passer a été chamboulé par la fougue de Suzanne, que j'aurais dû interroger.

De plus, personne n'a dit que vous ne parleriez qu'une seule fois !

Naya aurait dû être la première, c'est la plus jeune, et toi le dernier ! Wamai serait passé en second et Suzanne après lui.

Tu n'es pas d'accord que ce soit moi ?

- Je n'y vois aucun inconvénient, mais Ortag et toi n'êtes pas du même avis, lui cherche à tout détruire, toi non. Tu es bien le seul d'ailleurs.

Je me doute de la raison de ma présence, mais cela va te desservir.

- Pourtant je t'interrogerai comme il le ferait, nous ne faisons qu'un. Même si nos avis divergent parfois, il n'existe pas de conflits entre nous, jamais !

D'ailleurs, cela nous serait impossible même si nous le voulions. On ne peut ni s'attaquer, ni se blesser. Nos pouvoirs ont leurs limites.

Tu vas comme tout monde nous raconter ta vie, une vie bien remplie au vu de ton grand âge. Tu as vécu beaucoup de choses, de chamboulements. Tu devrais être quelqu'un de sage, un ancêtre, une bibliothèque vivante.

Un siècle, tu as passé un siècle sur cette belle planète. Malheureusement, quelques nuages ont terni ce beau ciel bleu.

Raconte-nous donc ces presque cent ans de vie : tout a commencé l'année mille neuf cent dix-neuf, quel beau bébé ce Yama. Tu avais déjà une sacrée voix, tu braillais dès ta naissance !

- Décidément, vous ne m'appellerez jamais par mon prénom, dans ce cas, dîtes « Monsieur Yama » c'est plus respectueux !
- OUI, le respect : au Japon le respect est le centre de tout.
- En effet, si tout le monde se respectait, il y aurait moins de problèmes et, qui sait, nous ne serions pas là à débattre avec des extraterrestres qui se prennent pour des dieux !
- NON ! Nous ne sommes pas cela, tu le sais bien. Mais toi, tu as même voulu mourir jeune pour ton pays, n'est-ce pas ?
- Oui, c'est vrai ! Durant Pearl Harbor, j'étais dans l'armée de l'air. Je me rappellerais toujours ce maudit mois de décembre...

Nous étions tous volontaires pour la grandeur de notre patrie. Au moment de décoller pour l'attaque, je pissais dans mon froc de peur.

Le cœur lourd, je pris les commandes et je décollais pour la dernière fois. Notre sort était scellé. A la vue des porte-avions américains, j'ai poussé le manche et visé le milieu du navire. Ai-je crié « *tennō heika banzai* », Longue vie à sa majesté l'empereur, comme la légende le voudrait ?

Je ne donnerai pas la réponse, laissons vivre un peu encore le mystère, mais vous, vous le savez n'est-ce pas ?

Les Kamikazes s'explosèrent tous sur les navires. Quand j'ouvris les yeux, j'étais encore là. Je ne sais pas ce qui s'est réellement passé ?

C'est vous qui m'avez sauvé, comme Naya et Wamai ?

- NON Yama ! Nous n'y sommes pour rien. Ortag t'a choisi mais il ne voulait pas intervenir dans ta vie !
Si tu disparaissais, il avait un autre choix !

- J'ai cru mourir de honte, j'étais le seul survivant. Quel outrage...

Après plusieurs mois de captivité, les américains m'ont renvoyé au Japon.

J'étais montré du doigt comme un déserteur, un monstre. Un jour, une femme m'a craché au visage en m'insultant. J'ai voulu me faire « hara-kiri » plusieurs fois mais je n'en ai pas eu le courage.

Je ne suis qu'un lâche finalement ! J'ai sombré petit à petit dans une très forte dépression.

Je me suis donc enfui loin, dans la campagne, seul, et j'ai vécu comme un ermite.

J'ai vécu en autarcie des années, coupé de tout. Puis un jour, au fin fond de ma grotte, un terrible tremblement de terre m'a réveillé. J'avais peur, on aurait dit la fin du monde.

Ce six aout mille neuf cent quarante-cinq, je n'ai su la date qu'après - à plusieurs dizaines de kilomètres, le « feu du diable » s'était abattu sur Hiroshima, encore une fois j'avais survécu !

Au plus profond de la montagne, éloignée du point d'impact, j'ai été protégé du souffle, de la chaleur et des radiations, cela m'a encore sauvé.

L'avantage, c'est que tout le monde m'avait oublié. Après cette stupide guerre, j'ai pu vivre à Tokyo.

J'ai travaillé dur et voilà, je suis devenu très riche, j'ai une famille. Ma femme m'a donné de beaux enfants et elle est morte, il y a des années de bonheur. Ne la faîtes surtout pas revenir, c'est un véritable dragon !

- Ce n'est pas notre intention pour l'instant. Mais tu n'as pas raconté pourquoi ton fils ainé s'est donné la mort !

- Quel intérêt ! Le seul responsable c'est moi, et vous le savez ! OUI ! Il s'est suicidé, je l'ai poussé à bout et je m'en suis voulu toute ma vie !

- Tu as toujours été bien trop dur Yama !
- Je le sais, mais dans ce monde il n'y a pas de place pour les faibles ! Seuls les plus forts survivent ! C'est la loi de la nature, NON ?

- Peut-être, mais pour les animaux, pas pour des êtres soi-disant civilisés !

- FOUTAISES ! Civilisés mon CUL OUI !

Mon fils ainé était trop gentil, je l'ai formé pour me succéder à la tête de mon entreprise, elle pèse plusieurs milliards d'euros !

Sa sensibilité m'exaspérait, je l'ai poussé dans ses derniers retranchements.

Un jour, sur un contrat vraiment mal négocié, il nous a fait perdre bêtement énormément d'argent.

Même si cela n'était pas grave, il a eu honte.

Il n'osait plus me regarder en face. De plus, mes reproches, mon regard lui faisaient l'effet de coups de poignard.

Un matin, on l'a retrouvé pendu dans sa chambre.

J'ai tué mon propre fils ! C'est comme si je lui avais mis la corde autour du cou moi-même !

ALORS, OUI ! Détruisez ce monde de MERDE ! Un monde où l'on envoie des jeunes de vingt ans se faire exploser pour quelques nantis, où des mômes bossent dans des conditions de merde et les tyrans vivent toujours de mieux en mieux.

J'ai toujours fait très attention à ne pas gagner de l'argent sale. J'ai même limogé plusieurs personnes qui ne respectaient pas cela.

- Mais combien pensent comme moi ? Sur cette planète de merde où l'on peut lâcher des bombes surpuissantes qui bruleront vifs des milliers de personnes, ET POURQUOI !

Honneur, patrie, pognon... lavages de cerveaux plutôt !

C'EST A GERBER !

Ce monde est horrible ! Vas-y Ortag ! Hoche ta tête de nœud et remet tout à plat !

Ortag reste imperturbable à cette injonction et Sirmak réplique :

- Allons ! Yama, quel caractère ! Nous n'avons pas encore pris de décision. Ne sois pas impatient.
Que fais-tu des personnes que tu aimes ?

- Seront-ils heureux dans un tel enfer ? Autant tout recommencer. Les hommes détruisent tout ce qu'ils touchent. En cent ans, j'ai vu tellement de guerres, de massacres... On ne sait pas ce que l'avenir nous réserve.

Du jour au lendemain, tout peut basculer. Il n'y a plus aucun espoir, le mal a gagné, la gangrène s'est installée, c'est foutu !

La majorité des associations que j'ai créées pour aider les personnes dans le besoin ont eu leurs fonds détournés voire carrément volés.

- Ta culpabilité sur la mort de ton fils est touchante ; tu penses que tes seuls reproches l'ont poussé à bout ?

Oui, tu as raison, mais c'est seulement indirectement que tu es responsable.

- Quoi ? Que veux-tu dire par là ?
- Désires-tu connaitre la véritable raison du suicide de ton fils ?

A ce moment, le regard de M. Yama se fige. Il regarde ses comparses humains, cherchant quelque soutien.

Il semble décontenancé, ses yeux, hagards, se posent de nouveau sur Sirmack et il balbutie.

- Mais, je suis le seul responsable ? Je n'ai pas été un bon soldat, ni un bon mari, sûrement pas un bon père, peut être un bon PDG et encore ?

- Ton fils effectivement cherchait à te rendre fier de lui. Il a travaillé dur pour te montrer sa stature.

Il avait, grâce à un de tes associés, monté une succursale, Tu ne le savais même pas.

- Evidemment, mon entreprise possède des dizaines de filiales à travers le monde, je ne peux pas tout contrôler.

- Malheureusement ! Il s'est rendu compte que cette filiale était corrompue par des maffieux sans scrupules.

Il l'a alors rapidement démantelée. Fidèle aux valeurs que tu lui as inculquées, il ne voulait pas d'argent sale. Mais, en s'en débarrassant, cela lui en a fait perdre énormément.

C'est pour cette raison que tu l'as blâmé. Tes reproches se sont ajoutés à la honte et à la culpabilité de ce qu'avaient fait les employés dans son dos !

- BORDEL, de quoi tu parles encore, je ne comprends pas ?
- Cette filiale était celle qui a vendu les médicaments frelatés au village de Wamai et de bien d'autres encore en Afrique.
- Ce n'est pas possible ! Je ne te crois pas ! C'est faux !
- Il voulait aider les gens, fabriquer des médicaments moins chers accessibles à tous.

Mais son principal associé l'a trompé. Lorsqu'il a su cela, il a vendu la succursale et a fait envoyer les auteurs des magouilles en prison. Ils y pourrissent encore d'ailleurs.

Malheureusement, il se sentait responsable de tous les morts. Cette énorme culpabilité et tes reproches sur l'argent perdu l'ont détruit à petit feu. Il a donc craqué et il s'est donné la mort.

- Mais…. Je ne l'ai jamais su ?
- Avant de passer à l'acte, il a fait disparaitre toute trace.
- POURQUOI ? il aurait dû m'en parler, je l'aurais aidé ! POURQUOI, POURQUOI ?!!

M. Yama se retourne brusquement et part en courant, disparaissant dans le village. Les homologues ne font pas un geste.

Suzanne et Naya partent à sa recherche.

Wamai est encore sonné par ces révélations. Chez lui, il réfléchit à tout cela. Finalement le monde court bien à sa perte. Existe-t-il encore un espoir ?

L'Afrique meurt, tuée par la cupidité. La vie est un combat permanent difficile et baisser les bras est courant. Pourquoi quelques nantis vivent avec bien trop alors que la majorité crève sous leur joug ? Finalement, une bonne remise à zéro serait salutaire.

Il se lève et marche de long en large dans la maisonnette.

Les filles cherchent toujours M. Yama. Où ce vieux fou a-t-il bien pu aller ?

Soudainement, Wamai s'immobilise et appelle :

- Arfit m'entends-tu ?
- Evidemment, répondit-il, je suis là, tu veux me parler ?

Arfit venait d'apparaitre, comme l'avait dit Suzanne on pouvait bien dialoguer avec eux.

- A quoi rime cette comédie, vous voulez nous monter les uns contre les autres ?
- Non, les faits sont les faits. Il nous fallait des personnes que le destin avait réuni à un moment. Il est difficile, même pour nous, de trouver de telles personnes.

En plus, Ortag ne voulait pas intervenir dans la vie de son représentant. Yama a heureusement survécu sans aucune intervention, Suzanne aussi d'ailleurs.

Mais Sirmak l'aurait protégée. Il a une affection particulière pour cette humaine.

- Tu veux dire que nous avons un lien qui nous uni ?
- OUI ! effectivement !
- Mais je n'ai aucun lien avec les deux femmes !
- Le crois-tu vraiment ?
- J'ai beau réfléchir, je ne vois pas… D'ailleurs, c'est le fils de M. Yama qui est responsable, pas lui.
- L'éducation de Yama est responsable, il l'est donc aussi.
- Quel lien ai-je avec Suzanne ?
- Quand ton village a eu des problèmes de nourriture après l'épisodes d'Ébola, elle avait œuvré dans une collecte pour vous aider, plutôt pour aider cette partie de l'Afrique.

Tu as d'ailleurs croisé son fils Marc qui livrait les aides dans ton pays. Vous vous êtes parlé, il a une bonne maitrise de l'anglais, comme toi.

- Et pour Naya ?
- C'est la société de son père qui a été le mécène qui vous a fourni les fonds pour les pompes de forage. Cette même société est partenaire avec celle de Yama.

Mais changeons de discussion, tu ne m'as pas appelé pour connaitre les liens qui vous unissent tous.

- Je voudrais parler à M. Yama, sais-tu où il est ?
- Evidemment, pas très loin, il est ici.
- Pardon ?
- Oui, YAMA ! SORS DE TON TROU !

Caché dans un coin le vieux bonhomme sort de sa cachette.

- BON SANG ! Vous n'arriverez jamais à dire : M. Yama !

A ce moment, Arfit prend congé et s'évapore avec douceur.

- Personne ne m'aurait cherché ici n'est-ce pas ?
- Oui, bien vu l'ancêtre, comment vas-tu ?
- Pas très bien !

M. Yama se rapproche de lui et une fois en face, prend une posture d'humilité japonaise, la plus formelle pour s'excuser et se faire pardonner, le « DOGEZA ».

A genou, face contre terre et sans pouvoir le regarder, il lui dit :

- Wamai ! J'ai honte, je te prie d'accepter mes humbles excuses. Cela n'est rien comparé à la souffrance que vous avez endurée, jamais je ne pourrais réparer ce qui est arrivé. Mon fils a commis une énorme erreur lourde de conséquences.

- YAMA ! NON, arrête ta comédie ! Ton fils n'y est pour rien, il a voulu faire une bonne action et cela s'est retourné contre lui ! Demande donc à le faire venir, prends le dans tes bras et pardonne-lui ! Ici tu le peux, c'est le moment, une occasion unique !

Tu n'auras pas d'autre possibilité. Dis-lui à quel point tu es fier de lui ! ET LEVE TOI S'IL TE PLAIT !

- Tu es une très bonne personne Wamai, merci, mais je ne le ferai pas. Les morts doivent rester où ils sont !
- Tu es têtu comme un âne. Réfléchis-y !
- J'ai tellement de remords ! Je suis responsable de tous ces morts, indirectement peut-être, mais responsable quand même !
- Ecoute ! Ton fils a essayé ! Il a eu le courage et la volonté de faire quelque chose de bien !

C'était un homme bon. Dis-le-lui de ma part si tu décides à lui parler.

Maintenant, tu ne penses pas que même si on ne se fatigue pas, les filles t'ont assez cherché ? ET REDRESSE TOI BORDEL ! C'EST VRAIMENT GENANT !

Doucement, il relève la tête, sans pouvoir soutenir le regard de son interlocuteur et part avec lui

- D'accord, allons à leur rencontre !

Remise en question

Après avoir arrêté les recherches, tout le monde se sépare pour un moment de solitude bien mérité. En rentrant dans sa maison, M. Yama se sent triste. Il tourne en rond comme à son à habitude. Toutes ses certitudes sont tombées. Lui si fier, si fort vient de perdre et sent qu'il a complètement échoué. Toute sa vie il avait pensé que son destin était de faire quelque chose de grandiose.

Il avait déçu en tant que Kamikaze. Il s'était rattrapé en réussissant dans les affaires. Enfin son pays était fier de lui ! Il voulait la même chose pour ses enfants, surtout son fils ainé. Il avait toujours cru que son fils était un idiot. Ce garçon sentimental et sensible, peut-être même gay, qui sait ?

D'ailleurs, il n'a jamais eu de « petites amies ». Il était la honte de son père. Sa mère au moins, avait une force de caractère incroyable, un véritable « bulldozer » ... A priori ce n'est pas génétique.

Pourtant, ce jeune homme fragile avait voulu se dépasser, se surpasser et faire le bien... Est-ce que finalement, depuis le début, M. Yama était dans l'erreur ?

Pourra-t-il se rattraper, au moins avec ses autres enfants, s'il retourne un jour sur terre ?

Wamai a raison, il devrait parler à son fils pour surtout qu'il n'ait plus de culpabilité. Quelle chance de pouvoir le faire, des millions de personnes aimeraient pouvoir avoir cette possibilité.

Pouvoir prendre par-delà la mort un être cher et le consoler, lui dire à quel point il nous manque et que l'on est fier de lui. Apaiser sa douleur, apaiser sa souffrance qui parfois le détruit de l'intérieur comme la gangrène qui se nourrit de pourriture. Tous ces « non-dit » qui nous rongent avant, qui nous rongent pendant et qui sûrement, continueront de nous ronger après.

Il s'est donné la mort par honte, parce que l'angoisse l'a bouffée et l'a dévorée de l'intérieur. Elle l'a dévoré comme certains parasites dévorent leur victime vivante. La souffrance est telle qu'une seule option est possible, il n'y a qu'une seule voie, qu'une seule et unique possibilité. Quelle horreur de mourir avec la sensation d'être une personne méprisable voire abjecte ! Il doit le revoir, lui parler et lui demander pardon, il le faut !

A ce moment, il s'arrête net, ne dit pas un mot durant un moment puis, en chuchotant, il ferme ses yeux et prononce :

- Ortag ! peux-tu venir s'il te plait…

On ne peut pas dire que le jour s'est levé, mais pas mal de temps a passé. Ils sont tous réunis et marchent tranquillement en discutant de choses et d'autres. Le moment serait propice pour boire un café ensemble.

Pour l'instant, oublier quelque peu l'enjeu qui pèse sur leur destin et celui du monde est plus attirant et surtout possible.

Naya raconte à Suzanne qu'elle a été en France il y a plusieurs années avec sa famille. Elle avait adoré ! Toutes ces bonnes odeurs complétement différentes de son pays l'avaient envoutée.

Elle avait visité deux belles régions, Paris évidemment, mais elle ne l'avait pas préféré. Il y avait bien trop de bruit, d'odeurs et d'ondes négatives, les gens sont nerveux, on se croirait à New Dehli. Les personnes aveugles sont très sensibles aux stimulis, en particulier le bruit et les odeurs. Une grande ville est une source infinie d'excitations en tout genre. De plus tout est exacerbé par la nervosité des personnes qui y vivent. Ces émotions négatives ont un effet stressant pour eux à moins d'y être habitué dès le plus jeune âge.

La Bretagne, l'odeur des marées, de l'iode l'avait ensorcelée, c'était très régénérant, une pure merveille ! Elle était restée assise des heures sur les plages, à sentir et écouter, et s'était même retrouvée les fesses dans l'eau, la mer étant montée doucement et l'ayant chatouillée. Pour une fois, ce jour-là, elle avait entendu son père rire, c'était tellement rare. Il aurait pu la prévenir au moins.

Les crêpes sont bien différentes de celle de l'Inde mais vraiment très bonnes, ça manque juste un peu d'épices. Le lait Ribot ressemble au Lassi. En revanche, il y fait trop froid.

- Je ne suis jamais allé en France, cela doit être sympa. J'adorerais visiter le CNRS et faire visiter à mes enfants le Palais de la découverte. Au fait, saviez-vous que nous avons tous un lien entre nous ? demande Wamai

- Quoi ? Qui t'a dit cela ? réplique Suzanne

- C'est Arfit, Ton fils m'a croisé un jour en Afrique et nous nous sommes parlés ; Yama est le patron du père de Naya dont la société a subventionné ma demande de parrainage pour les pompes à eau.

Evidemment, on connait le lien entre Yama et moi. Mais quels liens as-tu avec Yama et Naya ?

- Je n'en ai aucune idée ! M. Yama, as-tu des sociétés en Provence ?

- Non je ne crois pas, dans le passé peut-être, mais je ne m'en rappelle plus. C'était il y a très longtemps et comme je te l'ai dit, j'en ai eu plusieurs dizaines et certaines dont je ne connaissais pas forcement le nom. De plus je ne travaille plus depuis très longtemps, mon second fils a pris les rênes il y a au moins vingt-cinq ans.

Saloperie de vieille carcasse, je ne pouvais plus rien faire. Entre la cataracte, l'arthrose, mon cœur qui loupe la moitié de ses battements et tout le reste je ne suis plus bon à rien.

- Ça doit être cela, à un moment, dans ma jeunesse j'ai dû avoir un contact avec une de tes filiales. J'en ai emmerdé tellement. Mais avec Naya je ne vois pas, Aucun de mes enfants n'a été en Inde, et moi non plus. Les homologues perçoivent des choses que nous ne soupçonnons même pas. Ne cherchons pas trop, on va se torturer l'esprit. On leur demandera. D'ailleurs vous ne pensez pas qu'il faudrait commencer à se préparer pour la prochaine séance ?

- A quoi cela sert-il, ils lisent dans nos pensées, ils sauront tout de notre stratégie. Wamai, M. Yama et toi ne voulez pas de la remise à zéro, alors que je suis plutôt pour.

- Naya te rends-tu compte que nous parlons de la mort de milliards d'êtres vivants !

- Oui ! Je le sais, mais franchement on l'a bien cherché. Si le pouvoir, l'argent et le sexe ne dirigeaient pas l'humanité on n'en serait pas là. A priori, Suzanne, c'est foutu ils sont trois à le vouloir et ils n'ont pas l'air d'avoir changé d'avis ! Essayons de négocier une mort douce. Ils doivent pouvoir le faire.

- C'est hors de question ! Je me battrai jusqu'au bout ! BORDEL ! Ce ne sont que quelques connards qui pourrissent le monde, si on se réveille un jour, on pourra tout changer et cela se rapproche, je le sens. Peut-être pas pour nous, mais dans deux ou trois générations. Tu sais, tu n'as pas d'enfants, tu n'as même pas connu l'amour. C'est merveilleux ! Cela fait souffrir parfois, il y a des joies et des peines mais quel bonheur ! Je n'échangerais pas mes années avec Bernard contre tout l'or du monde.

Le rire de mes enfants et de mes petits-enfants est la plus douce des musiques. Je ne suis pas riche mais quel trésor je possède !

- Je comprends mais combien de personnes souffrent à travers le monde ?

- Combien ont la chance d'avoir le même bonheur ? Il y a une personne heureuse pour dix, cent ou mille malheureuses. Il faut que cela cesse !

Le ton de la voix de Naya est ferme, quelle force émane de cette personne ! Cela est étonnant pour une si jolie jeune femme. Le groupe avance, suivant le chemin qui semble infini. Quelle route empruntent-ils ? Vers quelle destiné nous emmènent-ils ?

Cette séance va être différente de toutes les autres, les histoires de chacun étant désormais connues. Le moment est venu, il faut absolument convaincre deux homologues que la terre n'est pas un enfer.

Persuader des êtres aussi évolués est peine perdue. On ne peut pas jouer avec leurs sentiments ni leur mentir. Ils verraient à des kilomètres toute tentative de manipulation et, de plus, personne n'a été préparé à cela.

On ne connait pas leur pensées, leurs sentiments... Comment cela fonctionne-t-il chez eux ? Et nous, pauvres microbes, pouvons-nous argumenter face à des êtres aussi puissants ? Pour persuader, nous faisons appel aux sentiments de l'autre. Mais ils n'en ont pas. Enfin pas comme nous, on a l'impression qu'Ortag est en colère, qu'Arfit a de la haine et pourtant, une fois la discussion terminée, ils changent et deviennent figés sans aucune mimique ni une seule once de nervosité. Leur réflexion est comme celle d'un ordinateur, tout aussi mathématique et froide

En même temps, on ne voit qu'une image, un corps fabriqué de toute pièce, leur véritable forme reste un mystère.

Ils n'ont qu'un but, ne pas disparaitre dans le futur. Ils recherchent des remplaçants dignes de ce nom. Pourrait-on dire qu'ils ont peur, même eux pourraient être effrayés par un avenir incertain, tout comme chaque être humain. Malgré leur infini puissance, ont-il des ennemis capables de leur tenir tête ? Peuvent-ils être tués ou blessés ?

Ils étaient des êtres vivants autrefois, comment passer du statut de simples mortels limités à celui d'un dieu ? Comment supporter cela, comment ne pas perdre la raison et justement, se mettre à jouer à dieu ou au diable ?

Ils possèdent ce que les humains ne possèdent pas ou plutôt ne possèdent plus. Ils sont unis, ils ne forment qu'un.

RAZ

Suzanne comprend bien qu'il n'y a aucun espoir, ils sont toujours à trois contre un, la situation est désespérée.

Comment tout cela est-il arrivé, pourquoi les humains ont-ils dérapé à ce point ?

Bizarrement, au fond d'elle-même, elle sait que cette sentence sera méritée... BON SANG NON ! S'ils lisent cette sensation en elle !! Reprends toi bordel ! Personne ne mérite un tel sort, surtout les innocents !

Elle tourne en rond, grommelle, on dirait M. Yama.
Puis elle décide d'appeler Plania.

- Plania je voudrais te parler s'il te plait

Comme toujours sans aucun bruit ni vibration, l'homologue apparait immédiatement.
- Oui, que puis-je faire pour toi ?
- Tu ne le sais pas ? Vous lisez dans nos pensées pourtant.
- Seulement si nous le désirons, puis nous vous laissons tranquilles, libres de toute contrainte.

- Je t'ai appelé toi, car tu es franc et plutôt direct.

Si la remise à zéro est appliquée, comment sera-t-elle mise en œuvre ? Vous allez tout détruire d'un coup ?

- Nous ne sommes pas des monstres. Nous n'utilisons pas de moyen brutal comme les hommes le font avec leurs bombes !

Le sang et la douleur ne nous attirent pas.

En vérité, oui, tout sera détruit instantanément mais personne, aucun être vivant ne s'en rendra compte.

En ce laps de temps très court, ils auront l'impression d'avoir vécu toute leur vie.

Le temps peut être manipulé. Il y a des limites, certes, même pour nous, mais pour vos esprits qui n'ont aucune notion de l'espace et des multi-univers, ce ne sera qu'un jeu d'enfant.

On vous inclura dans une dimension différente.

Les notions de présent, passé et futur ne fonctionnent pas comme dans votre voie lactée.

Veux-tu que je te montre ?

Rassure-toi, tu reviendras saine et sauve !

Suzanne le regarde fixement, après tout ils sont vraiment puissants et ont toujours respecté leur parole, pourquoi pas ?

- D'accord je veux bien voir, cela ne fait pas souffrir ?
- Non, sauf quand tu mourras, la sensation ne sera pas agréable rien de plus.
- Allons-y ! Je veux voir cela, après tout je n'aurais pas d'autre occasion de le faire. Je te fais entièrement confiance.
- Merci pour ça, ne t'inquiète pas, que ta vie soit belle et ta mort pas trop douloureuse…

Il lève ses deux mains vers le haut, Suzanne le regarde fixement sans rien ressentir, Plania lui sourit soudainement…

Voyage

En ouvrant les yeux, Suzanne se trouve dans son lit, quelle sensation étrange. Ce rêve était vraiment terrible. Les humains risquaient de tous mourir. Plutôt confus et difficile de se rappeler les détails mais ça fout les jetons.

Mais bon ! Allez au boulot ! Ce n'est pas tout, les légumes ne vont pas pousser seul !

Pour une fois, son petit déjeuner dure plus longtemps, elle se sent bien mais perturbée. Elle se précipite sur le téléphone.

- Mona !
- Oui maman ça va ? tu as l'air affolée ?
- Non je voulais être sûre que tout va bien ?
- Oui rassure toi ; au fait, tu dois aller chez le rhumatologue à quatorze heures, n'oublie pas ou ton genou va se rappeler à toi.
- Oui c'est vrai, foutue arthrose. Je t'aime ma chérie.
- Moi aussi maman, à demain.

Une fois seule, elle rumine :

- Je déteste ce médecin, il est vraiment con : Blablabla ! Votre âge, faites attention Et oh ! Ça va, si je suis encore vivante lorsqu' il aura soixante-quinze ans je le ferais chier !

Certes ! J'en aurait cent deux, ça va être compliqué mais jouable, qu'il fasse gaffe !

En allant faire des courses au village, elle s'arrête boire un thé chez Maria, elle aime bien cet endroit, c'est calme et chaleureux. Elle en profite pour se tenir au courant de ce qui se passe dans le monde.

- Hé ! Suzanne comment ça va ? Tu as vu ce beau soleil ? Je te sers quoi ? Un thé comme d'habitude ?
- Oui ! Maria je m'assois là ; tu as encore quelques bons gâteaux pour l'accompagner ?
- Evidemment, j'arrive et je te tiendrai compagnie, il n'y a pas grand monde à cette heure-ci.

En ramenant la commande, Maria s'assied en face de Suzanne un café, dans une main, un gâteau dans l'autre.

- Hummm délicieux, tu les as fait aujourd'hui, ils sont frais ?
- Ce matin ; tu as vu, ils craquent et sont moelleux au milieu.
- Oui, ça fait du bien.
- Tu vas bien ? la famille ?
- Oui, tout le monde est en pleine forme.
- Tant mieux, et ton genou ?
- Comme d'habitude, douloureux... Il est usé que veux-tu ? Pourquoi tous ces gens ont l'air triste à la télé ?

Maria tourne la tête et regarde l'écran au fond de la pièce.

- Comment ça ? Tu n'es pas au courant, un milliardaire Japonais est mort. Il avait cent ans et avait passé deux ans dans le coma après une banale chute dans sa cuisine. Ils ne parlent que de ça, a priori il était très influent et très riche.
- Non, tu sais je n'ai pas la télé chez moi.
- Oui je le sais, ce Yama était une icône là-bas.
- Drôle de prénom « Yama ».
- Non ça c'est son nom de famille.
- Ah bon ? il faut dire M. Yama, c'est plus respectueux quand même.
- Bof ! Il ne m'en voudra pas ! Tiens regarde ! C'est sa photo !
- J'ai déjà vu cette tête quelque part ?
- Normal, il était assez célèbre. En plus un de fils s'est suicidé et il a perdu une fille lors de l'accident de Fukushima, son corps n'a jamais été retrouvé.
- Quel malheur, pauvre homme... Tu vois, l'argent n'achète pas tout. Je regarderai son histoire sur internet un de ces quatre, enfin si j'arrive à faire fonctionner ce foutu téléphone que Mona veut absolument que j'ai toujours sur moi.
- C'est prudent, fais voir, je ne savais pas que tu donnais dans le « High-tech ».

- HO ! ça va, ne fait pas ta maligne ! Tiens, c'est ce truc-là.
- Il n'est pas chargé !
- Mince, je le chargerai à la maison, ça je sais le faire.
- La preuve, dit Maria en rigolant
- Tu as raison, ce n'est pas pour moi ce truc-là.

J'y vais, je te dois combien ?

- Rien, c'est pour moi, cela m'a fait plaisir de te voir.
- Merci, moi aussi mais le prochain je te le paie, OK !
- OK madame, bisous, à bientôt
- Bisous

Suzanne sort du petit salon de thé et prend le bus pour rentrer chez elle. Perdue dans ses pensées, elle se parle à elle-même.

« Ce M. Yama, j'en suis sûre, je l'ai déjà croisé…mais où ? »

Anniversaire

Ils sont tous réunis, les trois filles et le garçon, plus tous les petits enfants, ils sont là ensemble au grand complet. Quelle belle fête ! Tous les invités s'amusent, rient et boivent un peu trop.

Ils pourront dormir sur place, pas de problème pour ça.

Quatre-vingt ans, déjà. La vie passe tellement vite. Ses enfants sont des vrais adultes, même Marc s'est enfin posé. Il a rencontré l'amour de sa vie et dans six mois il sera papa ! Incroyable qui l'aurait cru !

- Bernard ! pense-t-elle,
- il ne manque que toi ! Regarde ta tribu comme elle est belle !

Il y a un an, je suis devenue pour la première fois arrière-grand-mère. La fille d'Anne a eu son première enfant.

Ça va commencer ...

Je la revois après ce terrible accouchement, refuser la péridurale était vraiment stupide.

Elle était si petite, si mignonne. Bernard en pleurait de joie en tenant « sa petite poupée » dans ses grosses mains.

Le monde n'a pas changé, cela ne s'améliore pas. Que faire ? Je ne peux presque plus marcher normalement à cause de ce satané genoux. Je ne pourrais même pas danser comme avant alors manifester, c'est bien fini tout ça.

Une voix la ramène de ses songes.

- Tu es triste maman ? interpelle Louisa
- Non ma fille bien au contraire, je suis la plus heureuse des femmes.
- Je préfère ça. Tu te rends compte nous formons une grande famille maintenant, c'est génial !
- OUI ! et elle s'agrandira encore.
- C'est sûr ! mais je ne suis pas pressée d'être grand-mère, ça, c'est ton rôle et celui d'Anne.
- Petit malicieuse. Allez ! Va danser au lieu de rester avec la vieille.
- « A t'aleur m'an » !

Susanne sourit, avant de s'assoupir un peu

MAMAN ! C'est fini oui ! Bon sang ! Arrête de bouger dans tous les sens. Tu vas finir par abimer la cicatrice et ça va s'infecter. Une prothèse de genoux, ce n'est pas rien !

- Oui je sais ! Mais je m'ennuie. Où est donc passé Bastien ? Bordel Marc ! Fais gaffe à ton fils quand même, il est aussi casse-cou que toi.
- Ne t'inquiète pas, il joue avec le chien dehors, je le vois. Tu ne peux pas lire un bon livre ?
- Je ne vois plus rien, c'est trop dur même avec les lunettes. Tu crois qu'à quatre-vingt-sept ans, on a les mêmes yeux qu'avant ? Tu as des nouvelles de Mona ?
- Oui elle va très bien, mais partir dans un pays étranger n'est pas facile, sauf pour moi, Ah Ah Ah !
- Ça va ! Elle a beaucoup souffert de son divorce. Je n'aurais jamais cru qu'Éric pouvait faire une telle chose, la quitter pour une jeunette pfffff ! c'est bien les hommes ça !

A part peut être Bernard, je suis sûre qu'il serait là s'il était encore vivant !

- S'il n'avait pas brûlé la chandelle par les deux bouts, sûrement, il était fort comme un roc ! Tu n'as pas trop mal ?
- Ça va, je veux juste aller me balader dans le jardin.
- OK, viens, je t'aide on y va

Elle prend le bras de son fils, il est vraiment tout le portrait de son père au même âge.

Asystolie

Son jardin sent tellement bon, à quatre-vingt-treize ans elle peut encore s'y promener avec son fauteuil électrique.

Elle pense à la semaine prochaine. Elle ne peut plus rester seule et elle partira en maison de retraite. Sa maison est vendue, un déchirement pour elle.

Il est vrai que la solitude est pesante, ses enfants et ses petits enfants sont très présents mais le temps a fait son œuvre.

Le genou droit pour commencer puis le gauche et malheureusement, une grave fracture à la hanche.

Elle a tout fait pour éviter l'ostéoporose mais une simple petite flaque glissante sous son pied a suffi à tout foutre en l'air.

Trois semaines d'hôpital sans pouvoir bouger du lit, rééducation et finalement un fauteuil pour se déplacer le plus clair de son temps.

Elle peut encore marcher quelques mètres, mais pas plus. Au moins, elle peut aller aux toilettes seule. A cet âge-là, on préférerait surement de ne plus avoir besoin d'y aller plusieurs fois par jour...

Une nuit, elle a rêvé qu'elle était dans un corps sans douleur ni besoin primaire, un songe plutôt étrange mais pas désagréable.

Cela sent bon et le soleil tape fort en cette fin de journée. Il faut rentrer et boire par cette chaleur.

La douleur est fulgurante et soudaine. C'est comme un éléphant qui piétine sa poitrine. Elle essaye de bouger, c'est impossible. Elle essaye aussi de parler, aucun son ne peut sortir.

C'est par le point faible des humains qu'elle va partir, son cœur lâche. Elle a peur mais est à la fois rassurée malgré ce froid intérieur si désagréable.

Le cœur, premier organe à démarrer lors de la grossesse et dernier organe à s'arrêter lors du décès, sauf si comme souvent il le provoque.

Toutes ses cellules doivent être parfaitement synchronisées. Elles doivent battre ensemble. Battre à l'unisson.

Au moindre déréglage, c'est la mort assurée. Les humains ont toujours connu l'importance de cette petite pompe. Ne dit-on pas de l'être aimé que c'est « notre cœur ».

Lorsque l'on est triste au point de vouloir mourir on dit que notre « cœur est brisé ».

C'est surement aussi pour cela que l'ensemble des chanteurs qui sont en parfaitement en harmonie s'appelle « un chœur ».

Mais pour l'instant, Suzanne sait que le sien est bien trop usé.

Elle cherche au loin, elle veut voir si Bernard vient la chercher. Elle l'attend, résiste, qu'est-ce qu'il fout bordel ? Mais grouille toi !

Sa vision devient brouillée, l'angoisse la saisit : et s'il n'y avait rien ?

NON ! Ce n'est pas possible, Bernard vient vite !

S'il n'entendait pas tout simplement car il n'est pas là.

Si toutes ses croyances étaient fausses, comment respirer avec ce poids sur le thorax.

La nuit arrive et comme quand elle était petite, cela l'effraye, mais point de lune pour la rassurer.

Ses yeux se ferment doucement, sa respiration ralentit, tout son corps se relâche d'un coup.

Son cœur cesse de battre.

La vie de Suzanne vient de s'achever.

Dans la petite maison un violent cri resonne !

- NOONNNNNNNNNN !!

- Alors Suzanne ?
- Hein quoi ? Oui je vais bien, ouf si je pouvais respirer à fond ce serait mieux.
- Le voyage t'a plu ?
- Mais je viens de vivre ma vie entière ?
- Oui ! Mais cela n'a duré qu'environ deux secondes, à l'échelle humaine évidemment.
- J'ai réellement vécu une vraie mort ?
- Absolument ! Une des nombreuses façons de mourir des êtres vivants.
- Quelle horreur, il y a quelque chose après ou pas ?
- Suzanne, tu sais bien que je ne peux pas t'éclairer là-dessus. Votre esprit, quelle que soit la réponse, ne le supporterait pas.
- Franchement qu'il y ait quelque chose ou pas, cela ne me perturberait pas !
- Ce n'est pas si simple, votre esprit fonctionne par l'imaginaire ; vos croyances, vos légendes ne vous aident à vivre que parce qu'elles sont incertaines.

Si demain vous aviez la réponse, votre perception de l'espace changerait radicalement, vous n'êtes pas encore prêts.

Regarde les dégâts qui se produisent lorsque quelqu'un apprend que ce qu'il croyait vrai est complètement faux, un amour, un passé, des parents...
Cela vous détruit intérieurement.

Alors, si vos plus grandes croyances, Dieu et la mort, vous étaient expliquées, vous sombreriez immédiatement.

Continuez donc à vivre dans votre espace restreint pour l'instant.

A ce moment-là, Wamai arrive en trombe, suivi par M. Yama et Naya

Que se passe-t-il ? On a entendu un cri horrible !
Suzanne, tout va bien ? Plania, que lui as-tu fait ?

-Elle avait simplement envie de voyager, c'est chose faite...

Il disparait instantanément, laissant les quatre à leurs interrogations et le soin à Suzanne de conter la vie qu'elle vient de vivre.

Le round Final

Ils sont tous réuni encore une fois. Wamai se lève :

- Ai-je le droit de renverser les rôles ? J'aimerais qu'à notre tour, nous vous posions quelques questions.

Ortag ne répond pas. Il hoche la tête évidement, mais avec un air plus détendu et fait seulement un geste avec sa main, comme une invitation.

- Vos pouvoirs sont immenses, pouvez-vous influencer un esprit humain ?

Arfit lui répond :

- Oui évidemment, on peut aussi jouer sur les souvenirs, apparaitre en rêve, communiquer, mais il est strictement interdit d'obliger un être vivant à faire une action contre son gré. Si l'un de nous le voulait, il ne le pourrait pas, les autres bloqueraient son action. Mais cela est en notre pouvoir, c'est même très facile.

- Vous pouvez réellement lire les pensées de tous les humains ?

- OUI, même celles des animaux ou des microbes. Imagine donc les messages de détresse que nous percevons vu le mal que vous faîtes sur terre.

Chaque araignée écrasée, chaque porc égorgé, chaque colonie de fourmis ou d'abeilles décimées par vos immondes pesticides. Vous n'êtes finalement que des monstres !

- Dans la nature il y a d'autres monstres tout aussi violents. Il existe même des prédateurs qui dévorent leurs proies vivantes, parfois même à petit feu, cela inflige aussi une grande souffrance non ? Des vers parasites qui mangent les organes vitaux de leurs victimes et combien de maladies cruelles sont dues à des virus ? Tu as bien dû tuer Ébola avant de réparer mon corps !

Quel est le nombre de virus que tu as exterminé pour me sauver, sûrement plusieurs millions voire des milliards, et tout ça d'un coup ! Ce sont bien des êtres vivants ARFIT !

Aucune réponse ne vient contredire cette argumentation.

- Tu as perdu ta langue ?

- Non, tu as raison, mais les êtres parasites ou mauvais connaissent leur destin. Pour survivre, ils doivent tuer ou être tués, c'est comme ça, ils n'ont pas le choix ! VOUS, VOUS l'AVIEZ !

- Pas toujours. Pour certains hommes, cela a été pareil ! Notre chemin est parfois de naitre, vivre et mourir dans la merde.

Comment pouvez-vous condamner des personnes à qui, dès le départ, aucune autre possibilité n'est donnée. Vous l'avez vu en direct non ?

Si un homme nait dans la misère et la peur, il fera tout pour s'en sortir. A l'inverse, si sa vie est heureuse dès le départ, il y aura moins de chance qu'il tourne mal.

- Beaucoup d'hommes bien nés sont devenus des monstres ! Le pouvoir et l'argent vous rendent fous ! Pour un peu de papier, vous tuez père, mère, frères et sœurs. Plus rien ne compte à part le profit et votre ego démesuré !

- OUI ! Mais commencez donc par enlever de votre liste ceux nés dans la fange qui n'ont pas eu d'autre choix ! Votre « vivier » va se remplir, vous verrez !

Scannez les pensées intimes de chaque être humain et regardez au plus profond de leur être. Combien seraient prêts à vivre en paix s'ils le pouvaient ?

BORDEL ! A quoi vous servent vos fantastiques pouvoirs, à avoir du café chaud le matin ? Mais c'est vrai ! vous ne dormez pas ! Alors BOSSEZ ! Utilisez vos capacités au lieu de glander !

Vous nous jugez sur des actes faits car nous n'avons pas le choix. C'est facile pour vous, vous réalisez vos désirs d'un geste. Sur terre, tout n'est qu'un combat pour la survie !

- Vous êtes doués d'intelligence, il fallait vous en servir. Tu le sais bien, toi le surdoué ! D'ailleurs tu l'as compris et tu fais partie, comme Suzanne, des rares exceptions qui pensent à leur prochain.

Nous ne sommes pas là pour réparer vos conneries ! Assumez les conséquences de vos actes !

Vous êtes pires que des prédateurs, vous poussez même l'ironie à traiter certains animaux de « super prédateurs », de « nuisibles » quelle blague !

Aucun animal ne mettrait volontairement son habitat, sa propre survie en danger comme vous le faites ! Vous n'êtes qu'une bande d'idiots !

Comment Ortag a-t-il pu prendre parti pour vous aussi longtemps ? S'il vieillissait comme les humains, je dirais qu'il est devenu sénile !

- Tu ne nous laisseras aucune chance, tu es aveuglé par la haine !

- Je n'ai pas de haine, les sentiments ne nous dirigent pas, ils n'existent pas pour nous, contrairement à vous !

Vous êtes dirigé par quelque substance chimique dans votre pitoyable cerveau ! Mais cela ne m'empêche pas de voir et comprendre tout le malheur que vous faites subir à cette superbe planète ! Elles sont tellement rares dans l'univers, comment pouvez-vous salir un tel bijou !

Prenez en soin comme vous le faites pour vos téléphones et autre matériel futile ! Ça ira mieux dans vos vies !

Tu ne dis plus rien ? Tu sais aussi bien que moi que les hommes sont aveuglés par ce qui brille, cela les attire comme la flamme fascine le papillon de nuit.

Le pire dans tout ça, c'est que ce qui est insignifiant peut vous être utile mais votre bêtise vous empêche de le voir.

- Que veux-tu dire ?

- C'est presque risible : ce qui vous tue, vous n'arrivez même pas à le combattre tant que cela ne vous concerne pas. Vous pouvez marcher sur le corps d'un sans-abri car il est laid et il pue ! Mais un petit animal mignon vous émeut...

- Votre pire maladie que vous appelez cancer, pourrait être vaincue facilement depuis des lustres. Il existait une petite algue microscopique insignifiante, surtout laide et malodorante.

Vos pesticides, vos plastiques et autre pollution en mer l'ont décimée. En étudiant cette algue, vous auriez très vite remarqué qu'elle synthétisait une protéine particulière. Et cette protéine aurait pu être un médicament extrêmement puissant et facilement obtenable.

Un chercheur a voulu le faire dans le passé, son boss lui a ri au nez. Pourquoi dépenser de l'argent pour étudier cette merde puante a-t-il répondu !

L'ironie est qu'il est mort de cette maladie très peu de temps après.

Il est trop tard, cette algue a aujourd'hui disparu, tout comme des milliers d'espèces animales ou végétales que vous décimez jour après jour sans aucune vergogne !

C'est vous, le cancer de cette planète ! Malheureusement, il n'existe aucun remède, à part notre intervention !

Wamai ne peut répliquer, il sait que cela est vrai. Comment défendre l'indéfendable ? Il se tait et retourne s'asseoir en regardant les autres, la déception se lit dans tous les regards.

- Je ne comprends pas ! dit Naya en se levant.

Vous savez que seule une minorité d'hommes et de femmes sont mauvais et que malheureusement, ils dirigent le monde par la peur.

Pourquoi punir tout le monde ? Punissez les coupables, en plus vous ne ferez pas d'erreur puisque vous lisez dans les pensées. Arrachez les mauvaises herbes !

- Nous te le répétons, ce n'est pas notre rôle ! Pour accéder un jour au rang d'homologue, le chemin doit être fait seul ! Les âmes doivent faire le travail elles-mêmes ! Le chemin est extrêmement long et difficile !

Vous ne vous en rendez pas compte, même pour nous, le temps est compté ! On n'a pas le temps de vous tendre la main. Une main que vous mordrez sûrement plus tard !

- Vos pouvoirs vous permettent-il de voyager dans le temps ? Vous pourriez juste réparer deux trois erreurs faites dans le passé et voir le résultat dans l'avenir ?

- Comme cela, vous modèlerez très rapidement un nouveau futur et ce sera moins long qu'une remise à zéro totale et un futur encore une fois laissé au hasard pour des millions d'années.

- Ta remarque est pertinente. Mais ce n'est pas si simple. Nous ne pouvons pas vraiment voir le futur. On ne peut deviner que quelques différentes possibilités.

Comme pour le résultat de ce procès : il n'y a que trois possibilités et deux résultats possibles.

On peut retourner dans le passé, c'est plus simple car il a été écrit et a laissé une trace facile à suivre.

Imagine une route sur terre en cours de construction : tu peux aller au début, revenir d'où tu es parti mais tu ne sais pas où elle s'arrêtera. En revanche, tu vois bien la direction qu'elle prend au fur et à mesure qu'elle avance.

- Alors allez-y ! Revenez-en arrière et mettez quelques pansements.

- Cela ne fonctionnera pas ! Si un homme remonte le temps et tue son père, il ne viendra jamais au monde. Comment aura-t-il pu tuer son père s'il n'est pas né ?

En vérité, il naîtra quand même mais d'un autre géniteur. La route part du début vers une fin ! Créer des déviations n'empêchera pas d'arriver au même endroit, le chemin sera simplement différent !

On ne peut pas vraiment influencer le futur en changeant le passé. Mais on peut construire les bases d'un nouvel avenir en agissant maintenant, sur le présent !

Même si nous intervenons, les humains prendront les mêmes mauvaises décisions, différemment, certes, mais les mêmes !

- je comprends. Naya s'assied pensive, l'air triste.

Susanne se lève et demande :

- Vous ne voulez pas intervenir, pourquoi donc ? Est-ce parce que votre énergie vous l'interdit ? Ortag as-tu quelque chose à répondre ?

- Je sais que Sirmak t'as parlé, répond-il.

En effet, il y a quelques milliards d'années, j'ai voulu agir. L'énergie choisira un être bon, même si nous l'aidons un peu, mais nous ne pouvons pas en faire trop. On peut lui sauver la vie, l'influencer mais en aucun cas changer ses propres décisions ou le manipuler.

Mais intervenir ne crée que des problèmes. Veux-tu connaître l'histoire ?

- Évidemment, je suis curieuse et tu le sais.

- Il existait un univers aujourd'hui disparu. Une planète abritait la vie. Cette planète ne tournait pas sur elle-même. Donc il n'y avait ni jour, ni nuit.

Une face était brûlée par leur soleil, une autre était glaciale. Mais entre les deux il y avait des endroits plus cléments. Les êtres qui y vivaient étaient très intelligents, bien plus que les humains. Le plus idiot des leurs était mille fois plus malin que le plus grand cerveau de votre planète.

Ils n'avaient pas de forme humanoïde.

On aurait dit de grandes méduses uniformes, mais leur moyen de communication était exceptionnel ainsi que leur dextérité. Je les observais depuis plusieurs milliers d'années. Ils vivaient en parfaite harmonie. Leur technologie était très avancée mais ils n'auraient pas pu voyager dans l'espace très longtemps, du fait de leur constitution bien trop fragile. De plus, aucune planète atteignable était viable pour eux.

Ils s'aperçurent que leur étoile déclinait, un trou noir super massif grandissait et, petit à petit, l'absorbait inexorablement.

Leur territoire viable se rétrécissait comme une peau de chagrin. Dans quelques siècles, leur monde aurait disparu. Devant leur désarroi, j'ai décidé d'intervenir. Les homologues étaient évidemment d'accord avec moi.

Je leur ai donc parlé et expliqué qu'il ne fallait pas s'inquiéter et que nous allions les aider.

Surpris au début, ils comprirent finalement que nous existions. Comme à vous, nous leur avons expliqué notre façon de vivre et comment nous pensions les aider.

Cette aide n'étant conditionnée à aucune contrepartie, ils acceptèrent bien évidemment.

J'ai alors éloigné ce trou noir pour le mettre hors de portée de leur étoile, puis, ne pouvant pas recharger cette dernière, j'ai légèrement rapproché leur planète de celle-ci. Et ils retrouvèrent leur milieu de vie habituel comme si rien n'était arrivé.

- GENIAL !! s'écrie Suzanne, tu vois ! Tu n'es pas si obtus finalement, bravo !

- NON, malheureusement cette intervention n'a pas eu l'effet escompté. Ces imbéciles m'ont pris pour un dieu. Cette notion leur était totalement étrangère avant !

Certains plus intelligents avaient bien compris la situation. Mais d'autre non !

Il arriva ce qui n'était jamais arrivé avant :

LA GUERRE !

J'avais beau leur dire que je n'étais pas un dieu, j'ai eu beau les supplier d'arrêter tout ça, rien n'y faisait.

Leur technologie fut détournée pour créer des armes extrêmement puissantes qui exterminaient tout !

J'ai voulu à nouveau intervenir, stopper cette folie, mais les homologues ont refusé.

Moins de deux de vos années ont suffi.

Ils ont détruit entièrement leur planète ! Elle fut réduite en poussière et tout cela EN MON NOM !

Il fut alors décidé que plus jamais un homologue n'interviendrait !

NOUS NE SOMMES PAS DES DIEUX ! ON NE LE SERA JAMAIS !

Cette phrase résonne longtemps dans la pièce.

Sirmak réagit et dit :

- Prenez donc une pause. Nous allons maintenant nous concerter.

Sentence

C'est presque terminé, les quatre sont assis autour d'une table. Ils savent qu'il y a peu de chance que cela ne se termine bien.

Pour la dernière fois, ensemble, ils se dirigent vers la grande salle.

Le moment tant redouté arrive. Le verdict va tomber.

Comme des futurs condamnée, les comparses anxieux attendent le résultat des délibérations. L'atmosphère est tendue, personne ne parle.

Il y en a eu des silences dans cette pièce mais aucun n'a été aussi pesant.

Même M. Yama ne bouge pas, il est assis tête baissée sans dire un mot.

Suzanne a une boule au ventre, cette sensation que quelque chose vous dévore de l'intérieur. Sur terre, elle aurait sûrement vomi tripes et boyaux.

Toute sa vie, tous les êtres qu'elle aime vont peut-être disparaître dans quelques minutes, quelques secondes.

Les homologues, contrairement à d'habitude, ne sont pas dans la pièce. Ils sont seuls, il n'y a pas un bruit. Elle pense que c'est le calme avant la tempête.

Perdue dans ses penses, elle sursaute, ils viennent d'apparaître.

Arfit se met à parler.

- HUMAINS ! Notre décision est prise ! Chacun de nous a pris position et maintenant, le débat est clos ! Finie la discussion, l'heure est venue de prendre vos responsabilités !

Je trouve les hommes arrogants, capricieux et destructeurs. Ils détruisent tout ce qu'ils touchent.

J'ai eu l'occasion de voir des êtres doués d'intelligence au-delà des univers existants, mais je me demande si vous n'êtes pas les plus idiots !

Votre planète est un miracle, un océan de vie. Rien n'est parfait mais vous auriez dû vous adapter et utiliser votre cervelle pour arranger les défauts !

Au lieu de ça, vous l'avez transformée en dépotoir, vous n'avez aucun respect pour la vie !

Une vie vouée aux plaisirs égoïstes de votre petite personne. Vous ne voyez pas plus loin que le bout de votre nez !

Quelques-uns, oui effectivement, ont des pensés altruistes et peuvent parfois faire acte de bonté, mais cela ne change pas grand-chose.

Nous avons perdu notre temps à attendre un miracle qui ne viendra pas.

Vous, les humains, êtes une forme biologique complètement ratée ! Il n'y a aucun espoir que cela change.

Soit nous intervenons pour orienter vos vies mais les chances de succès sont minces et Ortag vous a expliqué pourquoi, soit nous effaçons tout de votre présence puis nous réparons cette belle planète pour lui donner un nouveau départ, une nouvelle chance, un nouveau souffle.

N'étant pas là pour vous materner ni vous montrer le chemin à prendre alors qu'il est devant votre nez, je vous déclare entièrement responsables de vos actes et de votre barbarie !

JE VOTE DONC POUR LA REMISE A ZERO !

Un premier vote, une première claque pour l'humanité. La peur se fait ressentir jusqu'au plus profond de leur être !

Sirmak enchaine alors :

- Pour moi les humains peuvent prendre conscience de leur responsabilité envers leur terre !

Des millions de personnes comme Suzanne ou Wamai existent ! Le changement arrive, peut être par une dernière guerre ou un événement grave, mais je suis sûr que les hommes se réveilleront !

Les nouvelles générations veulent la paix et la préservation de leur planète. L'avenir est optimiste et je le suis aussi !

Quelle importance si nous attendons quelques siècles de plus ! Même les plus vieux homologues ont largement le temps d'attendre et de voir.

Si cela échoue, nous pourrons à nouveau refaire un procès ou une remise à zéro. Au pire, il y a d'autres mondes qui feront l'affaire. Ils sont extrêmement rares dans les univers existants, je le reconnais, mais la terre n'est qu'un petit épisode dans notre existence.

Soyons curieux et regardons, soyons patients et attendons. Un miracle peut-être, mais j'y crois ! Et j'ai envie de voir si cela se produit.

L'humanité a connu tellement d'épreuves et de cataclysmes et pourtant elle est toujours là ! Les humains sont si faibles mais si forts à la fois. Pour repartir, ils ont besoin d'être secoués, à la prochaine grande catastrophe, ils ouvriront les yeux, j'en suis sûr. Ils ont du mal mais beaucoup choisissent une autre voie, un autre chemin.

Laissons-leur un peu de temps et aussi un peu de notre confiance.

JE SUIS CONTRE LA REMISE A ZERO !

Plania ne dit rien, une dernière réflexion peut-être... Elle a toujours été très ambivalente, plus difficile à cerner que les autres. Plus discrète mais surement plus observatrice. Elle est logique mais la pure logique n'est pas un avantage. Cela ne dure pas, elle les regarde avec sévérité puis, enfin, elle se met à parler.

- HUMAINS, je vous ai suivi, j'ai essayé de vous comprendre, mais je n'ai pas réussi ! POURQUOI ?

Pourquoi faites-vous tout cela, vous aimez la vie alors que vous la détruisez ?

Vous détestez tant la douleur, alors qu'est-ce que cela vous apporte de l'infliger à d'autres ? Comment n'êtes-vous pas émus par la souffrance d'autrui ?

Comment des hommes ont-ils pu torturer d'autre hommes, et pourquoi ?

Les animaux, qui sont vos amis, vous les traitez comme de la marchandise sans aucun égard envers eux !

Ceux qui vous ignorent, vous les pourchassez jusqu' au tréfond des forêts.

Forêts qui sont vos producteurs d'oxygène, indispensable à votre vie mais que vous brûlez et détruisez quand même. Mettriez-vous le feu à votre propre maison avec votre famille dedans ?

Alors pourquoi détruire votre environnement protecteur ?

Vos actes ne sont pas dirigés pour vivre mieux mais uniquement pour nuire.

Au lieu de cueillir quelques fruits de l'arbre chaque année, vous préférez le couper pour en avoir plus que nécessaire tout en sachant que la mort de cet arbre vous affamera les années suivantes !

PROTEGEZ LE AU CONTRAIRE !

Vous édictez des règles et ne les respectez pas !

Vous dites avoir de bonnes intentions mais vous tournez le dos à la bonté.

Je pense que la gangrène vous a atteint et qu'il est trop tard ! Votre folie est incurable !

Même nous, nous n'aurions pas assez de pouvoir pour vous faire entendre raison ! La maladie qui est en vous n'a aucun traitement !

Il faut donc amputer le membre pourri !

De toute manière, vous allez vous-même vous l'infliger et dans d'horribles souffrances en plus.

La sixième extinction de masse sur terre est lancée, le compte à rebours s'accélère. Et c'est vous qui l'alimentez jour après jour par votre cruauté et votre cupidité !

Jamais notre énergie ne vous acceptera, c'est impossible même si nous le voulions !

Tout comme elle, je vous rejette ! Vous avez échoué lamentablement ! Vous n'êtes rien ! Peut-être quelques cellules folles, un mélanome, une odieuse maladie pour la terre !

JE VOTE POUR LA REMISE A ZERO !

Les humains sont dévastés ! C'est fini ! Ils mettent leur tête en même temps dans leurs mains et se préparent pour le pire.

Ortag ne leur fera pas de cadeaux, il doit jubiler même si son visage ne reflète absolument rien !

Il prend fermement la parole, sa voix plus forte que les autres résonne dans toute la pièce ! D'un air agressif, il tape des deux poings sur le rebord !

- JE SUIS EN COLERE HUMAINS ! Vos actes odieux méritent mille fois votre sort. Vous n'êtes que des vermisseaux à qui on a donné un semblant de cerveau.

VOUS êtes PATHETIQUES ! L'argent, le pouvoir et le sexe ! Il n'y a que cela qui compte pour vous ! Vous êtes d'un égoïsme incroyable !

Tous ces millénaires durant lesquels je vous ai regardé, toutes ces années où j'ai espéré ! Je vous ai défendu « bec et ongles » comme vous dites.

Et vous, qu'avez-vous fait ? MAIS QU'AVEZ-VOUS FAIT ? Vous m'avez donné envie de vous détruire depuis des siècles. Si cela ne tenait qu'à moi, je vous aurais éradiqué depuis bien longtemps !

Vous m'avez déçu comme un père serait déçu par son enfant !

Tous mes espoirs, tous mes rêves ont explosé comme vos bombes dans vos guerres interminables !

Votre barbarie n'a d'égale que votre bêtise !

Quand vous avez commencé à vous regrouper au début de votre apparition sur terre, j'y a cru. Des êtres qui s'allient pour survivre, enfin !

D'autre animaux l'ont fait mais différemment. Vous avez commencé à peindre dans les grottes, à chercher des moyens de communication plus avancés pour vous rapprocher les uns des autres.

Votre mode de vie allait se rapprocher du nôtre ! Vous deveniez nos brouillons.

Sans pouvoir, sans défenses et fragiles, vous affrontiez milles maux et mille dangers et deveniez plus forts chaque jour. Au fur et à mesure que vous réunifiez, vous ne deveniez plus qu'un et votre force augmentait.

Je vous regardais avec espoir, avec fierté !

De tous les homologues, j'étais le plus dévoué à votre cause ! J'ai tellement cru en vous.

Astior fut le premier de votre espèce à venir nous rejoindre. Il n'était qu'un Cro-Magnon à l'air stupide et pourtant, il a eu tellement de bonté en lui qu'il fut choisi.

Depuis le temps que nous attendions cela ! Quelle joie enfin ! Puis peu de temps après, Sirmak fut accepté et là, j'ai compris que vous étiez l'espoir ! NOTRE espoir !

Puis le temps passa et le virus est entré en vous.

Le pouvoir ! Le premier être humain qui est devenu le chef a été votre patient zéro.

Au lieu d'être vous, vous étiez lui ! Il vous dirigeait et vous manipulait pour son seul dessein ! Et vous le suiviez comme des idiots, imbéciles que vous êtes !

Cela a continué au fil des siècles. A suivre un roi, un dictateur, un général et bien d'autres encore !

Aujourd'hui, vous n'êtes plus que des êtres égoïstes ! Vous ne pensez qu'à vous ! Vous imitez tous ces êtres abjects qui veulent imposer ou décimer !

La peur, l'indifférence, le mépris vous ont infectés.

Votre dérive, votre naufrage ont sonné votre glas ! Votre apocalypse, votre pire ennemi, c'est vous vous-même !

Ma déception a été à la hauteur de votre cynisme !

Si j'avais pu, j'aurais pleuré en voyant vos exactions !

J'aurais tellement aimé vous punir de mes propres mains !

Je trouvais ce procès inutile, il suffisait de tout effacer et de recommencer à zéro !

Rendre sa virginité à cette superbe planète souillée par des prédateurs cruels et sans pitié. Mais nous, nous respectons nos règles et nous voici ici. C'est enfin terminé pour vous !

Et pourtant ! J'ai lu dans l'esprit de Suzanne et dans le vôtre aussi !

J'ai vu dans vos plus profondes pensées et malgré vos douleurs, que vous n'êtes pas tombés dans le piège de la vengeance, de la souffrance.

Vous avez toujours, quoi qu'il arrive, pensé à l'autre avant vous-même !

Même ce vieux fou de YAMA n'a pas été corrompu par sa fortune, il a gardé de véritables valeurs et a essayé de transmettre ses convictions à ses enfants, à son entourage !

Naya a été torturée, humiliée et assassinée, sa vie n'a été que solitude et honte ! Pourtant, elle a réussi à dépasser tout cela, c'est incroyable !

Wamai, au lieu d'utiliser tes dons pour ta petite personne, tu t'es sacrifié pour aider et sauver d'autres malheureux que tu ne connaissais pas vraiment et qui n'avaient pourtant rien fait pour toi !

Et toi, Suzanne, toute ta vie tu n'as pensé qu'à défendre des causes perdues ! Tu n'as pratiquement jamais pensé à toi, rien qu'à toi !

SUZANNE ! NAYA ! WAMAI, YAMA vous êtes ce que j'aurais voulu sur terre. Ce que j'espérais.

Votre esprit est celui qu'il faudrait à bien des hommes !

Seriez-vous une des graines que l'on aimerait voir grandir ?

VOUS QUATRE, avez en vous une âme emplie de bonté, il y a peut-être de l'espoir ! Qui sait ?

J'ai presque envie d'y croire, encore... et pourquoi pas ?

JE VOTE CONTRE LA REMISE A ZERO !

Les quatre sont interloqués, Ortag leur laisse une chance !

Qui aurait cru ça de cette vieille bourrique têtue ?

Que va-t-il se passer maintenant, le juge suprême doit intervenir !

Ou est-il ? pourquoi ne vient-il pas ?

Arfit reprend la main.

- Ce procès est terminé. Nous, homologues, n'avons plus aucun pourvoir de décision sur la suite des évènements !

Le juge suprême devient le seul et unique maitre de cette affaire.

Il réfléchira et, durant un an à l'échelle humaine, il relira les notes du livre, il prendra en compte tout ce qu'il a pu voir et entendre.

Puis il prendra sa décision, la décision FINALE !

En attendant, vous allez retourner sur terre, profitez bien de cette année offerte ! Elle sera peut-être la dernière !

Dans un an jour pour jour, nous vous rappellerons ici et le juge suprême vous donnera sa réponse lui-même !

Elle sera appliquée immédiatement ! Aucun recours ne sera possible !

Si vous n'avez plus de question, bon retour chez vous !

Quelques secondes passent et il reprend :

- Ortag, à toi.

Un hochement de tête et les humains disparaissent, sauf M. Yama.

Il regarde autour de lui et se demande bien ce qu'il se passe…

- YAMA ! dit un homologue, nous devons discuter !

Il secoue la tête et dit :

- Ils n'y arriveront jamais…

L'année

En ouvrant les yeux, Wamai voit qu'il est dans la cabane de Bramwa. Il ne bouge pas au début mais il se rend compte que les sensations de son corps sont revenues.

Il respire à nouveau et ressent la lourdeur de la gravité. Son esprit est clair et il se rappelle absolument de tout. Est-ce la potion qui aurait fait cela ?

Non ! impossible, cela est bien trop clair.

Il se met à rire, rire de tout son être et se relève !

Bramwa arrive, interloqué et dit :

- Ce n'est pas possible, cette potion aurait dû te faire dormir au moins douze heures...

- Pourquoi ? Cela fait combien de temps ?

- à peine deux heures c'est incroyable, attends ! Je vais te préparer la tisane pour le mal de tête et l'envie de vomir.

- ça va je n'ai aucun problème, je me sens bien, même très bien !

- Mais NON ! INCROYABLE, Je ne comprends pas ?

- Ecoute, demain à l'aube je ferai un discours ! Vous avez besoin d'un guide, je le deviendrai. Je serai désormais votre doyen !

- Mais, mais... Balbutie Bramwa

- Tu n'es pas content !

- Si, mais ce changement de situation, qu'as-tu vu ?

- Je te raconterai tout un peu plus tard, promis.

Les yeux exorbités de Bramwa font sourire Wamai.

Il rentre chez lui et se couche pour un véritable sommeil !

A l'aube, tous sont là, la nouvelle s'est répandue comme une trainée de poudre.

Wamai accepte enfin d'être leur doyen !

Il monte sur la petite estrade de bois et se met à parler.

- MES amis. Le temps est venu ! Il faut que la prochaine année soit la meilleure que l'on ait eu.

Il faut apprendre à lire aux enfants, il faut s'entraider comme jamais.

Je vous expliquerai comment trouver de l'eau et faire des puits.

On a perdu assez de temps ! Nous trouverons des financements et lorsque l'on sera autonome, on apprendra comment faire aux autres tribus.

Cette année est décisive, nous devons la vivre comme si elle était la dernière mais elle sera peut-être la première d'une longue série !

Je compte sur vous ! Ensemble on va y arriver !

Maintenant, place à la fête !

Les cris de joie et les rire résonnent.

C'est blanc, dans tous les hôpitaux, c'est comme cela. Existe-t-il d'autre couleurs, peut-être dans d'autre pays ?

Les premières pensées de Suzanne, contente de réintégrer son corps, sont pour le plafond.

Elle est seule, et surtout, elle est pressée de rentrer chez elle.

Elle presse le bouton pour appeler l'infirmière, elle a besoin d'aide.

En arrivant dans la chambre, l'infirmière crie de surprise !

- Vous êtes réveillée, enfin ! Quelle joie, comment allez-vous ?

- je me sens très bien mais pourriez-vous enlever ce tuyau de mon entrejambe qui me gêne.

- Oui bien sûr, c'est une sonde urinaire, je vais préparer le nécessaire.

- Vous savez, c'était un plaisir de ne plus aller aux toilettes.

- Heu ? oui, je m'en doute.

- cela fait combien de temps que je suis là ?

- Une bonne quinzaine de jours.

- Quoi ? Autant ! Mince...

- Ne bougez surtout pas, le médecin arrive dans quelques minutes.

- OK, puis je avoir mes lunettes, s'il vous plait ?

L'infirmière lui tend les lunettes que ses filles ont sûrement laissé là au cas où.

Elle prend la carte du bouquet de fleurs et la lit.

- Je ne vois rien, ce ne sont pas mes lunettes ?

- Mais, c'est votre fille Mona, qui les a apportées ?

Elle les reconnait pourtant, la branche abimée du côté gauche. Oui, ce sont bien les siennes, elle essaye à nouveau.

- MERDE ! Ma vue n'a pas changé en quinze jours ?!

- Vous voulez que je lise la carte pour vous ?

- Oui, si vous voul..

Elle s'interrompt en regardant le morceau de carton, pouvant lire parfaitement bien la carte sans lunette.

- Mais je vois bien ?

L'infirmière ne comprend pas, attendant le médecin avec impatience.

Lui retirant la sonde elle voit que Suzanne ne bronche pas.

- Vous n'avez pas eu mal ?

- Non je n'ai rien senti. Une gêne, tout au plus.

L'infirmière sort avec le plateau et Suzanne tente de se lever. En la voyant faire elle lui dit :

- Attendez Madame, c'est trop tôt, vous allez tomber !

Trop tard, Suzanne est debout, elle regarde dans l'armoire et met ses sous-vêtements et une robe de chambre, Mona a pensé à tout.

Puis, elle se met à marcher, pensive. A un moment, plie les genoux l'un après l'autre, tourne les épaules et se met à rire devant l'infirmière complément perdue, ne comprenant pas ce qui se passe, la voyant presque danser.

- je n'ai plus d'arthrose, n'y de presbytie. Mes mains, regardez-les, elles ne sont plus déformées par l'âge. C'est sûrement eux, ils m'ont fait un petit cadeau pour la route, je suppose ! dit-elle en souriant.

Le médecin entre dans la chambre au même moment.

- HE bien, quelle fougue ! Ça va ? Pas de vertige ?

- Non, bien au contraire, je suis en pleine forme !

- Permettez-moi de vous ausculter, quinze jours de coma, ce n'est pas rien

- Bien sûr Docteur, faites.

- asseyez-vous,

Il regarde ses yeux avec sa loupiotte, écoute son cœur, prend sa tension. Il examine attentivement les poumons, place son stéthoscope un peu partout, sur le cou, le dos, la poitrine.

- C'est parfait, même très étonnant pour une personne de votre âge.

- Vous savez parler aux femmes vous ! Rétorque- t-elle en souriant

- Pardon, je ne voulais pas !

- Ce n'est pas grave, j'ai l'âge d'être votre grand-mère, non ?

- Oui c'est vrai, mais elle se porte moins bien que vous. Pouvez-vous toucher votre nez avec l'index gauche les yeux fermés. Bien ! Gardez les yeux fermés puis avec l'index de la main droite maintenant.

Mettez-vous debout, fermez à nouveau les yeux et tendez les bras devant vous. Ne bougez pas...OK !

Tenez ! Maintenant, lisez ça. Il sort de sa poche un morceau de papier blanc. En petit, est écrit le mode d'emploi d'un jouet.

- C'est pour mon fils, il a six ans. Je suis médecin mais je n'y comprends rien !

Elle lit sans aucun problème le texte pourtant écrit en petit caractère.

- Vous lisez cela sans lunettes, bravo ! Je ne me l'explique pas, mais je vous trouve en pleine forme. A priori en parfaite santé, on fera quelques examens complémentaires évidemment !

- A mon avis vous ne trouverez rien, je veux dire, plus rien !

- Vous croyez ? je l'espère en tout cas.

Vous devez avoir faim, on va vous apporter un plateau.

S'il vous plait, reposez-vous un peu, on appelle vos enfants pour leur annoncer la bonne nouvelle.

- OK, mais je veux vite rentrer chez moi s'il vous plait

- Normalement je vous dirais non, restez une nuit en observation et, si tout va bien, demain vous sortez, d'accord ?

fait. Suzanne soupire un peu trop fort et rit du bruit que cela

- D'accord mais demain midi je déjeune chez moi. Au fait ! Sans viande le plateau je suis végétarienne.

Le médecin lui fait un grand sourire et sort de la pièce.

Quelle est donc cette sensation sur son visage ? Naya se réveille et sursaute !

- Altou, STOP ! Je déteste quand tu me lèches le visage ! BEARK ! c'est dégoutant ! ARRETE MAINTENANT !

Elle repousse son chien, très excité par le réveil de sa maitresse.

Quel rêve étrange, jamais elle n'en avait fait comme cela. D'ailleurs, rêvait-elle avant ? Une drôle de sensation était présente. Mais pour l'instant elle a très soif, il fait chaud dans la pièce noire et sans fenêtre.

Elle se dirige vers l'évier, fait couler l'eau et se remplit un grand verre. Au moment de le boire, elle pousse un petit cri et le lâche !

Le verre éclate en touchant le sol, l'eau se repend rapidement au milieu des débris de verre. Sans réfléchir, elle prend une petite pelle et une balayette, ramasse les morceaux et éponge le parquet. Un autre liquide se mêle à l'eau, de grosses gouttes salées tombent au sol.

. A genoux, les deux mains au sol, elle sent une irrésistible envie de sangloter.

Elle pleure de tout son être, les larmes coulent comme jamais cela ne lui est arrivé.

Machinalement, elle finit de réparer le résultat de sa maladresse.

Les gouttes salées, continuent de couler à grand flot sur son joli visage. Sa tache terminée, elle fait un geste qu'elle n'a jamais fait avant : elle se relève puis allume la lumière.

Sa vue est brouillée par l'émotion qui sort de ses yeux, mais elle voit aussi nettement que là-bas.

Pourtant elle respire, ressent la soif, la faim et...

Aucune douleur ? Son bras et sa jambe gauche ne lui font pas mal, ni son bassin d'ailleurs ?

Elle place sa main devant ses yeux, la regarde en la tournant dans tous les sens. Ses mouvements sont fluides.

Elle cherche quelque chose, se met à trépigner. Il n'y en a pas ici, cela n'aurait servi à rien. Ouvrant la porte brusquement, elle se met à courir, courir si vite qu'Altou n'arrive pas la suivre. Frénétiquement, elle essaye de se rappeler où cela se trouve, dans la grande maison ! à droite...

Non, plus à gauche OUI ! C'EST CA ! elle halète, puis en arrivant dans la pièce, elle ferme la porte à clé !

Elle ôte tous ses vêtements, complètement nue, elle laisse apparaître un corps superbe.

Pour la première fois de sa vie, elle se regarde dans un miroir.

Elle se trouve jolie. Ses longs cheveux lisses et noirs descendent le long de ses épaules. Son visage, bien que légèrement déformé par trop d'humidité, est magnifique.

Ses grands yeux couleur ébène reflètent toute la joie de cet instant magique. Tel Narcisse, elle se contemple sous toutes les coutures. Elle sourit, faisant apparaitre de belles dents blanches.

Elle regarde son côté gauche : pas une seule marque, pas une cicatrice, sa peau est lisse et douce comme de la soie.

Levant les bras, elle s'inspecte minutieusement.

Une fois rhabillée, elle visite la maison comme le ferait un futur acquéreur. Elle n'arrive pas à arrêter de sourire, de tourner sur elle-même, une véritable adolescente.

Dans la pièce principale, elle voit ses parents. Son père lit un journal dans son fauteuil et sa mère en face de lui, écrit un courrier.

- PAPA ! MAMAN !

Elle se jette à leur cou en les serrant fort

Son père sourit et dit

- Que t'arrive-t-il ma fille ?

- Mais, tu ne remarques rien ?

- Si, tu es plus jolie de jour en jour, répondit-il en souriant affectueusement

- Mais, PAPA !

- Quoi ? Tu as encore acheté des vêtements, ta coupe de cheveux ?

- NON ! tu ne vois rien, tu es AVEUGLE ! puis elle tourne sur elle-même. Ses parents se regardent, puis son père en haussant les épaules répond :

- Au fait ! tu passes trop de temps dans cette fichue pièce. Ta chambre est bien plus confortable pour tes siestes. Je me demande bien ce que tu trouves de bien dans cette chambrette. Normalement c'est pour un employé de maison.

Les grands yeux noirs de Naya expriment son incompréhension totale

- MA chambre ?

- Evidemment, à qui est-elle cette chambre ? Chambre en bazar, je te signale ; pour une fille, tu n'es pas très soigneuse ! Tu vas bien aujourd'hui ? Tu sembles bien étrange ?

- Oui papa, ça va, mais je vais de surprise en surprise.

Elle comprend rapidement que les homologues lui ont fait don d'une année de bonheur, une dernière année ou une vie entière.

Ils ont été jusqu'à modifier les souvenirs de ses proches, de tous ceux qui la connaissaient avant.

Ils l'avaient prévenue que sa vie risquait d'être un véritable enfer s'ils l'avaient guérie avant. On l'aurait pris pour une déesse ou une divinité.

Ils ne l'avaient pas fait pour ne pas fausser le procès.

Ces êtres ont vraiment la puissance d'un dieu !

OUPSSSS ! pense-t-elle, je vais encore énerver Ortag !

Il n'y a rien de plus glauque qu'une chambre d'hôpital, surtout si une personne vient d'y décéder. Les pleurs de la famille, l'angoisse, les cris nous pénètrent et nous glacent le sang.

Les médecins terminent de retirer de sa gorge le tuyau qui lui permettait depuis deux ans de respirer. Toutes les sondes et autres perfusions sont désormais rangées.

La frêle carcasse du vieil homme est allongée sur le lit et la vie l'a quitté.

M. Yama a eu quatre enfants, six petits-enfants et trois arrières petits-enfants. Un miracle pour ce pays où la fécondité est à la baisse.

Son premier était Hiroki, il aurait eu soixante-trois ans, malheureusement il s'était donné la mort. Il représentait tout pour ses parents. A son décès, ils furent dévastés et ce sentiment de culpabilité ne les avaient jamais quittés.

Il avait eu aussi deux filles, Kaori et Mayu.

Mayu aurait eu quarante-neuf ans, si elle avait survécu. Le destin en a décidé autrement. Elle était en mission à Fukushima, et le tsunami de deux mille onze l'a emporté.

Son corps n'a jamais été retrouvé.

Kaori elle, a cinquante-huit ans et est là. Elle est grand-mère mais toute sa progéniture est restée à l'hôtel en compagnie du veuf de Mayu qui accompagne les autres petits enfants de M. Yama.

Il est remarié mais fait toujours partie de la famille.

Ce spectacle intime n'est pas fait pour eux. Ils auront déjà l'enterrement à supporter, c'est bien suffisant.

Puis il y a Keita, le petit dernier de quarante-cinq ans. Il se tient droit et digne, essayant de rester de marbre. Il dirige l'ensemble des sociétés de son père. Il n'a jamais connu sa mère, elle est morte d'une rupture d'anévrisme lorsqu' il avait quatre ans.

Il cherchait, tout comme son frère ainé, à avoir la fierté de son père. Fierté qu'il n'a jamais obtenue de cette vieille bourrique têtue.

Il se rapproche du corps et lui prend la main. Il se penche sur la tête de son père et lui parle doucement à l'oreille. Puis se relève brusquement en poussant un cri et recule.

Son père lui avait répondu.

- Ce n'est pas fini toute ces jérémiades ! dit le vieil homme en se relevant brusquement.

Une fois debout, Il se déplace avec aisance et légèreté. Aucun centenaire ne pourrait être comme cela.

Toutes les personnes présentes crient en même temps !

Les médecins n'en croient pas leurs yeux !

Le vieil homme est nu, il demande :

- Où sont mes fringues ? Il cherche mais il n'y a rien.

Quelqu'un pourrait m'apporter des habits décents s'il vous plait ?

Il attrape un drap et cache ses parties intimes en attendant.

Tout le monde est interloqué et le regarde. Il se déplace sans problème, les regarde et même sa voix semble différente.

Ils remarquent aussi que ses dents sont revenues à leur place, il y a bien longtemps qu'il n'en avait plus aucune. Son corps est comme « regonflé » ; avant, il n'y avait que de la peau sur des os. Et là, on aurait dit que les muscles sont à nouveau présents.

C'EST IMPOSSIBLE ! s'exclament les docteurs en même temps.

On lui apporte un pyjama d'hôpital et il peut être plus présentable. Personne n'a parlé et tous les yeux sont braqués sur lui.

- Mes enfants, venez que je vous prenne dans mes bras.

Il se dirige vers eux et les enlace avec amour, ce qu'il n'avait jamais fait auparavant.

Il regarde les médecins éberlués et s'adresse à eux.

- Merci de nous laisser en famille, profitez-en pour préparer les papiers de sortie, je ne vais pas m'éterniser ici !

Une fois les médecins sortis, il lâche ses enfants.

- On a perdu trop de temps, j'ai envie que l'on passe une année en famille. Tous ensemble réunis et on profitera de la vie !

- Mais papa ! dit Keita, et les sociétés ?

- Ecoute mon fils, on a cinquante-neuf pour cent des parts, laisse donc ton second Shintaro prendre les rennes. Il saura prendre les bonnes décisions.

Décisions que tu approuves presque tout le temps non ? Il est déjà le PDG en quelque sorte.

- Père ! protesta-t-il

- On ne va pas se leurrer, il est bien meilleur que toi à ce poste ! On est d'accord ? Tu n'es pas vraiment fait pour ça.

M. Yama lui sourit

- Mais ...

- Chut ! je suis très fier de toi mon enfant, tu as toujours travaillé dur. Prends donc ta retraite, On a suffisamment d'argent, pourquoi continuer à suer ?

A quarante-cinq ans, tu pourras vivre très largement avec tes proches. Profites-en donc, faisons comme si cette année était la dernière ! Amusons-nous, voyageons et soyons une vraie famille.

J'aurais quelques tâches à accomplir et je ne vous demanderais que quelques jours pour moi à la fin. Mais on en reparlera en temps voulu.

Les larmes de bonheur chassent les larmes de tristesse, et dans cette chambre glauque d'hôpital, tel un phénix, la joie vient de renaitre !

Suzanne regarde avec nostalgie son jardin. Quelques jours se sont écoulés. Inexorablement, le temps passe.

Le juge suprême a notre sort entre ses mains. Il est là, quelque part et elle se demande à quelle sauce il va les cuisiner.

Elle n'a plus aucun rêve étrange et, à part le fait que son corps est d'une vigueur surprenante, il n'y a plus aucune trace des homologues.

Soudainement Mona arrive en courant.

- MAMAN ! MAMAN ... regarde qui est là !

Suzanne se retourne et voit Marc. Toujours aussi beau garçon, il ressemble beaucoup à son père.

Il est rentré, enfin. Elle l'enlace tendrement puis lui demande :

- Je suis très heureuse de te voir, tu vas bien ?

- Oui, mais toi maman ? Mona m'a rapidement expliqué !

- C'est vrai, tu ne pouvais pas être au courant... Sérieusement, tu ne pourrais pas aller là où les téléphones fonctionnent, ce serait plus facile !

- OUI, mais ce serait beaucoup moins drôle. Tu as l'air en forme, comment est-ce possible, quinze jours de coma inexpliqués et tu rajeunis de vingt ans !

- Je n'ai pas rajeuni, mais on va dire que la thalassothérapie fonctionne.

Marc scrute sa mère de long en large avec un grand sourire. Elle tourne sur elle-même telle une danseuse en gloussant.

- Tu vois, tout va bien. Pourquoi es-tu revenu ? Tu n'as pas eu de problème au moins ?

- Non, tout allait bien mais si je te raconte ce qui m'est arrivé, tu vas me prendre pour un fou

- Tu m'intrigues, assieds-toi et raconte-moi tout en détails.

Ils se déplacent vers le salon, Marc s'assied sur le grand fauteuil, le tâte amoureusement ; c'était le préféré de son père, il y fumait ses saloperies de cigares bien calé dedans. Suzanne et Mona s'installent en face de lui sur le canapé.

- J'étais parti au sud de l'Amazonie ; une tribu peu connue très amicale vit au fond de la forêt dans un lieu magnifique retiré de toute civilisation, pour l'instant.

Il y a de l'eau pure toute l'année, la terre est bonne et les villageois sont très chaleureux. Ils vivent en toute simplicité : une petite cabane, un peu de légumes qu'ils font pousser, deux trois animaux qu'ils font griller et aussi, parfois, un des innombrables insectes très protéinés qu'ils trouvent.

J'étais vraiment bien. Puis une nuit, j'ai fait un rêve étrange. Un homme, l'air sévère, me disait : « ta mère a besoin de toi, rentre et reste avec elle au moins un an ! Sinon, je reviendrai chaque nuit, chaque sieste, tu ne dormiras plus !

- QUOI ? dit Mona, quel étrange rêve, tu avais pressenti que maman était malade peut être.

- Non, pas du tout, à chaque fois que je fermais les yeux, il revenait et répétait sans cesse cette phrase !

Je n'en pouvais plus. J'ai décidé de rentrer et ce fut incroyable. Normalement c'est une véritable mission pour faire un tel voyage et là, tout s'est déroulé sans aucun problème.

Tout s'est imbriqué comme les pièces d'un puzzle.

Je n'ai jamais vu la forêt aussi praticable.

Après la mousson, c'est impossible de faire les kilomètres en peu de temps, il faut contourner, escalader... Bref ! C'est un véritable chemin de croix à cette période. Là, pour une raison inexpliquée, c'était une balade de santé. Un parcours pour jeune randonneur.

L'épave qui sert de bus était présente, en soi c'est déjà un miracle. En plus, il n'est pas tombé en panne une seule fois, ne s'est pas embourbé et le chauffeur n'était pas bourré comme d'habitude !

Une fois arrivé en ville, je pensais ne plus avoir d'argent, en vérifiant mes comptes, j'en avais largement assez.

- Tu ne tiens pas tes comptes, tu t'es forcement trompé

- Non Mona, je peux t'affirmer que je n'avais plus un sou à mon arrivée dans le pays j'en suis sûr.

Les rares avions pour venir en France étaient disponibles et il y avait des places. Cerise sur le gâteau, tenez-vous bien ! Au moment d'embarquer, suite à une erreur informatique ils ont été obligés de me surclasser en bizness Class !

Le personnel se confondaient en excuse et ils étaient aux petits soins pour moi.

J'ai fait le plus beau des voyages. Puis, lorsque j'ai dormi dans l'avion, l'homme n'est pas apparu.

Moralité, je vais rester un an ici, je pense que c'est un signe.

- Cette homme tu ne l'avait jamais croisé ou vu ? questionna Mona.

- Non, mais il avait une façon de me regarder, puis il hochait la tête en me fixant comme s'il voulait me dévorer ! Il me faisait vraiment peur !

A ses mot, Suzanne est prise d'un fou rire. Ses enfants la regardent en se demandant ce qu'il y a de drôle. Elle rit de bon cœur et levant les yeux au ciel elle dit

- ORTAG ! Merci pour cet autre cadeau ! Tu es moins bourru que tu en as l'air.

- Ortag ? Maman c'est qui ? dit Marc, tu connais cet homme ?

- Pour l'instant, profitons de cette année. Les discussions sérieuses et les ennuis viendront bien assez tôt.

Je vais nous faire un café et toi Marc, tu m'expliqueras les règles de ton jeu étrange, ce que représentent les signes faits avec les mains et que veux dire « Atorio » mais sans boire la boisson qui va avec.

- QUOI ? MAIS ? comment connais-tu cela ?

Suzanne s'éloigne en riant, laissant ses enfants ébahis...

Les semaines et les mois passent vite, bien trop vite. Il ne reste qu'une quinzaine de jour avant l'heure fatidique.

Marc travaille dans le jardin et sa mère le regarde. Elle lui apporte à boire.

- Tiens, bois c'est frais ; merci pour tout ce que tu as fait dans la maison.

- Ce n'est rien Maman, je me rends compte que tu as besoin d'aide. Je vais réfléchir, il est peut-être temps pour moi de rester en place.

Un bruit strident les interrompt

Tiens ! On sonne, ne bouge pas je vais ouvrir.

Il s'éloigne rapidement, elle sent l'angoisse monter en elle, le temps passe trop vite. Pour elle encore, cela va bien, à son âge elle a bien vécu mais pour eux et leurs enfants... Marc réapparait, l'air étrange.

- maman !

- oui mon fils.

- Il y a trois personnes qui veulent te voir

- Tu as l'air perturbé ?

- Il y a, à la porte, un vieux monsieur asiatique, un grand homme Africain et une très jolie jeune femme, indienne a priori. Heureusement que je parle anglais. Ils te cherchent ?

- ILS SONT LA ! Elle se précipite à la porte et les fait entrer devant un Marc complètement dépassé.

Naya et lui se regardent en se souriant mutuellement. Marc ne comprend absolument pas la situation.

Sa mère parle en français et les autres dans leurs langues respectives.

Pourtant, ils se comprennent parfaitement. Il s'assied dans un coin et observe cette scène de science-fiction sans oublier de regarder Naya qui lui rend ses regards malicieusement.

- La date approche mes amis, ils m'ont demandé après votre départ de vous retrouver et de nous réunir avant le voyage. En revanche je voudrais vous demander deux faveurs.

La première, il faudrait que cela se passe au Japon.

- Pourquoi ça ? dit Wamai

- Si cela est le dernier jour, cela n'aura pas d'importance.

Mais si vous reveniez sur terre pour continuer à vivre, ma deuxième faveur est que je serais très honoré, ainsi que ma famille, que vous soyez présent à mes funérailles.

Quelle que soit la décision du juge suprême, cela sera mon dernier jour. Les homologues m'ont offert une année de répit mais pas plus.

Évidemment, tous les frais sont déjà réglés et j'espère de tout cœur que vous utiliserez les billets retour.

- vieux grognon ! Arrête, ne dis pas ça. Tout va bien se passer, on a réussi à nous donner une chance. ALLEZ ! courage !

Des larmes commencent à couler sur les joues de Suzanne.

- Ne sois pas triste, ce fut un honneur de vous rencontrer et cette année supplémentaire est un cadeau pour moi. Je n'espère plus rien, ma vie a été bien remplie.

Aujourd'hui, je pense à mes proches et pour vous, à vos familles, mes amis.

- Je ne vous demande que quelques jours pour tout expliquer à mes enfants dit Suzanne, puis se tournant vers Marc elle rajoute.

- En particulier celui-ci, sinon il va disjoncter. En plus, Ortag lui a fait une blague. Qui aurait cru ça de cette vieille bourrique ?

Naya se met à rire en regardant Marc qui, la voyant se met à rire bêtement aussi.

- D'accord, on loge à l'hôtel, ne t'inquiète pas pour nous.

A bientôt. Nous t'attendrons.

Ils prennent congé, Suzanne dit à Marc, prostré dans son coin :

- Ferme la bouche et arrête de baver, je le sais, elle est superbe mais pour l'instant, on doit discuter très sérieusement toi et moi.

Puis on réunira tes sœurs rapidement.

Le juge suprême

Le jour fatidique est arrivé. A Tokyo, dans le plus bel hôtel de la ville, la tablée termine son excellent repas.

Ils se regardent et la gravité de la situation se lit sur leur visage.

- Tout est réglé je pense, Wamai ! J'espère que tu continueras notre œuvre en Afrique. Tu es désormais le PDG d'une grande société de recherche et de forage. Un jour peut-être, les petites tribus pourront enfin vivre mieux grâce à toi.

- NON Yama ! C'est nous qui te remercions. Demain, c'est à toi que devront des milliers de personnes leurs bien meilleures conditions de vie.

Mon village déjà est complètement changé depuis que l'eau est facilement accessible. Les médicaments font des miracles. Il est enfin possible de croire en l'avenir.

Ces précieux bien sont utilisés avec sagesse et parcimonie. Nous avons appris à ne pas le gâcher et surtout à le partager.

Un jour les hommes comprendront que le partage est bien mieux que le profit !

Ce jour-là, j'espère que les homologues nous feront revenir d'entre les morts pour nous faire voir le résultat des graines que l'on a semé ! Et surtout, que notre combat n'a pas été vain.

Wamai baisse la tête en direction de M. Yama qui fait de même.

- Naya, ton père est désormais autonome, il aura plus de temps pour lui et sa famille. C'est un homme bien ! Toi aussi, après ma mort, tu auras une petite société qui te permettra de vivre ta vie d'adulte aisément. Cette société œuvre aussi pour la cause des femmes en Inde. J'espère que vous serez enfin débarrassés de cette misogynie destructrice un jour. Profites-en et rattrape le temps perdu.

- « NANDI » Yama ! Tu n'étais pas obligé. Ma nouvelle vie est déjà belle, mais aider les autres sera, je pense, une belle aventure, si le juge suprême nous y autorise.

- Enfin toi Suzanne, on a eu du mal à se rappeler notre lien, la société Mirabeau ! Retrouvée dans les archives. Je l'avais dissoute il y a très longtemps car elle ne respectait pas « la charte de bonne conduite »,

Il était interdit de faire des expériences sur des animaux.

Ton combat avait fait du bruit, il était parvenu jusqu'à mes oreilles et du coup j'avais limogé les responsables et vendu les bâtiments

- Merci vieux grognon ! Tu as du cœur finalement.

- Avec plaisir, toi aussi, tu recevras une belle somme régulièrement. Cela te permettra de vivre avec ta famille convenablement et sûrement aider quelques causes perdues. Dépêche-toi, tu ne rajeunis pas non plus ! dit-il en riant dans sa petite moustache.

- MAIS ! Tu t'es regardé le croulant ? réplique-t-elle !

Tout le monde se met à rire de bon cœur.

- Nous n'avons pas trouvé le lien qui unit Naya à Suzanne dit Wamai

Naya répond doucement, l'air un peu gêné.

- Aucune importance, on le trouvera bien un jour, enfin, peut-être !

Ils se lèvent et regardent l'heure. Il leur reste deux heures à peine, puis à minuit pile, le dernier voyage reprendra. Ils se dirigent tous vers leurs chambres respectives. A l'étage, elles sont côte à côte.

Ils s'enlacent les uns après les autres encore une fois.

En larme, Suzanne serre fort M. Yama contre elle.

- Adieu vieux grognon ! lui murmure-t-elle à l'oreille

- Vous n'y arriverez jamais ? M. Yama c'est plus sympa, non ?

- NON ! Au fait, quel est ton prénom ?

- Tu n'arriveras jamais à le prononcer.

Il se penche vers elle et lui murmure à l'oreille, elle ouvre grands ses yeux et se met à rire.

- En effet ! Tes parents t'en voulaient, je pense !

Tout le monde se regarde avec affection et commence à se diriger vers leur chambre.

Juste avant, Suzanne dit à Mr Yama, en se courbant et en effectuant un parfait « Eshaku » :

- Domo arigato gozaimasu ! Fujiwara no Michinaga Yama

Fujiwara no Michinaga Yama la regarde avec tendresses, les larmes aux yeux et, lui rendant son Eshaku, répondit :

-Ta prononciation était presque parfaite, merci infiniment.

- En vérité, je me suis entrainée plusieurs fois en secret, avec ton fils. C'est un véritable calvaire, vos coutumes nippones !

Ils rient une dernière fois ensemble, puis les quatre portes se referment, laissant chacun a ses pensées.

Wamai décide d'aller se coucher directement. Pensant à sa famille, il espère les revoir bientôt.

Son village a vraiment changé en un an. Quand les hommes ne pensent pas au profit et s'entraident, cela peut déplacer des montagnes !

Il rit encore en se remémorant la tête de Bramwa lorsqu'il lui a raconté la vérité. Il a cru qu'il allait abandonner tous ses « grigris ».

Il a été jusqu' à boire sa potion mais à part vomir tripes et boyaux pendant trois jours, il n'a rien vu.

Guérisseur « de mes deux » pense-t-il avant de fermer les yeux en souriant.

Suzanne pleure toutes les larmes de son corps. Les prochaines heures seront dures à supporter, elle préfèrerait même aller à l'enterrement de M. Yama. C'est terrible de penser cela.

Mais il a vécu cent ans alors que ses petits enfants ne connaissent rien. Ils ont toute la vie devant eux. C'est injuste qu'ils payent le prix des conneries faites par des imbéciles.

On comprend l'importance du « collectif » ; jamais la tirade de « *un pour tous, tous pour un* » n'aura été autant d'actualité.

Pourquoi les humains ont-ils perdu de vue qu'ils habitent tous ensemble dans la même maison. De plus, cette demeure est vivante, elle peut souffrir et même mourir.

Ont-ils en tête que les actes d'une seule personne peuvent tous les atteindre. Il faut arrêter avec le chacun pour soi !

Ceci dit, il est trop tard, le couperet va-t-il tomber ? L'apocalypse tant redoutée est sur le pas de la porte !

Le jeu est fini ! Attention au quitte ou double !

Le juge suprême est peut-être moins borné que certains homologues. Espérons-le...

Naya, allongée sur son lit, envoie des SMS

- C'est bientôt l'heure, j'espère revenir bientôt.

- Moi aussi j'espère te revoir, nous n'avons pas eu beaucoup de temps pour faire connaissance. Ce n'est pas facile de dialoguer via Google traduction. « Smiley qui rigole »

- J'ai peur ! très peur ! « Smiley effrayé »

- c'est normal. Tout se passera bien, ne t'inquiète pas.

- je vais me débarbouiller puis fermer les yeux. A demain j'espère. Bises « smiley bisous cœur »

- Bon voyage, si je peux m'exprimer ainsi, à demain bises « smileys bisous cœur »

A la fin de cette conversation, Marc prie pour revoir la belle Naya. Il est tombé complétement amoureux d'elle et a priori, cela est réciproque.

Il espère la revoir très vite, qui sait, cela pourrait être une belle histoire qui créerait aussi un lien entre deux familles.

M. Yama se lave précautionneusement, se rase de près et taille sa fine moustache.

Puis, il se met sur son « trente et un ». Il faut être présentable lorsqu'ils viendront chercher son corps, du moins il l'espère.

Il vide une bonne partie du mini bar, tourne en rond dans la pièce en pensant à sa famille et à cette excellente année qu'il a passé auprès d'eux.

Il ne manquait que sa femme, il l'aimait tellement, elle avait du caractère et il adorait ça, ainsi que tous ces moments intimes de complicité bien trop rares et surtout, bien trop courts. Il la reverra peut-être ?

Il finit par s'allonger confortablement sur son lit, les yeux fixant le plafond. Il reste environ deux minutes. A quoi pense t- on lorsqu' il nous reste si peu de temps à vivre.

Les secondes s'écoulent, deux larmes glissent sur ses joues ridées, atteignent sa moustache blanche et, enfin, il ferme les yeux.

Ils arrivent directement dans la salle, cette fois-ci pas de chaises, ils restent debout.

Face à eux, les quatre homologues sont là. Fixes, sans expression, fidèles à eux-mêmes. On aurait dit qu'ils n'avaient pas bougé depuis un an.

- Bonjour à tous ! dit Suzanne,

Avant toute chose, je voulais vous remercier pour vos cadeaux et cette merveilleuse année que nous avons vécu. Ortag, je ne te savais pas si taquin.

Ortag regarde Suzanne et pour une fois, répond :

- C'est le moins que l'on puisse faire, c'est cela l'expression française n'est-ce pas ? Puis il reprend sa posture rigide.

Les quatre amis se tiennent la main. Les homologues se déplacent vers eux et se mettent à chaque côté deux par deux.

Arfit prend la parole

- Humains ! Le juge suprême va maintenant appliquer sa décision. Il a tout observé, il a écouté chaque mot, lu chaque pensée et vu chaque scène de cette histoire.

Le temps n'est plus à la discussion mais à l'action. Les homologues lui ont passé le pouvoir. C'est à lui maintenant de prendre la parole !

A cet instant tout disparait, la salle, le village tout redevient blanc. Un blanc perçant comme au début, impossible de voir en haut ni en bas. Où était la droite, la gauche. Rien ! Il n'y a plus rien.

Les huit personnes forment une légère courbe et regardent fixement le seul détail différent : un rectangle gris légèrement au-dessus d'eux qui se trouve à une bonne hauteur.

Difficile de distinguer à travers cette forme, les yeux forcent et finissent par apercevoir un visage, ou plusieurs ?

Serait-ce le fruit de leur imagination ?

Ce visage semble celui d'un humain, c'est impossible ou alors il a pris cette forme comme l'ont fait les homologues.

Tous les yeux et les sens sont braqués vers cette image et attendent avec impatience le verdict.

Tous les regards sont désormais tournés vers vous !
Oui ! Vous cher lecteur ! Devrais-je dire : Juge suprême.

Après avoir vécu sur terre dans la peau d'un humain depuis tant d'années, après avoir vécu votre propre vie, forgé votre propre expérience, avoir lu le livre, ressenti les pensées et les émotions des personnages, que pensez-vous prendre comme décision ?

A travers le rectangle grisâtre de cette page, cette porte qui vous relie à eux, ils attendent TOUS la réponse, VOTRE réponse !

JUGE SUPREME !

QUELLE EST VOTRE DECISION ?

© 2024 Philippe Manach
Édition : BoD - Books on Demand,
31 avenue Saint-Rémy, 57600 Forbach, bod@bod.fr
Impression : Libri Plureos GmbH, Friedensallee 273,
22763 Hamburg (Allemagne)
ISBN : 978-2-3225-3675-7
Dépôt légal : Janvier 2025